U0075029

我的一簾柿餅

陳郁如的食味情手札

陳郁如——著

目錄

自序

舌尖引出的鄉愁與生活滋味

二〇二〇年的新冠肺炎疫情席捲全世界，影響許許多多的人，許多生活型態被迫改變，像是要居家隔離、旅遊限制等等。喜歡出門旅行的我和先生Robert，也在疫情最嚴重的時候選擇待在家裡。但是不出門不代表我們無法自處，我們還是每天很忙碌，自己發展很多事來專注；我們仍沒有多少時間看電視、追劇。

我除了繼續寫作，完成並出版了《養心》這本奇幻小說外，生活靜下來，我有更多的時間放在烹煮食物上面。疫情期間，很多商店不能營業，餐廳也只能外帶，但是園藝店可以開張。這些地方都是戶外，地大，空氣流通，沒有一般商場擁擠的人潮，大家都會戴著口罩，保持社交距離，非常安全。我的先生Robert在這段期間，把院子整理起來，他鏟掉浪費沙漠氣候水資源的草坪，在前院、後院、停車邊道都種植了果樹、瓜苗、菜苗。這一年下來，成績可觀，我們得以超過一年不用買綠色蔬菜、豆、瓜；水果也有一半來自自己的院子。Robert還會下海打魚，帶回新鮮的漁獲、海膽、螺貝。海鮮、蔬果都有了，我開玩笑的說，就差養雞養鴨來下蛋了。

為了完善利用這些辛苦得來的食材，我更加積極找尋食譜。一來享受食物，自己院子種植出來的東西新鮮美味，沒有農藥，安全健康；二來因為疫情不方便回臺灣，許多美食無法吃到，自己手作可以滿足對臺灣食物的想念。

在這些煮食、準備食材的過程中，我常常想起透過食物連結起來的記憶。像是永和家樓下轉角的豆漿攤，連店面都沒有，路邊違建搭起來的棚子，炸油條的鍋子就在人來人往的路上開伙；像是公寓轉角的西點麵包店，走路就聞到的濃濃奶油香，老闆娘永遠一臉生無可戀的厭世表情；像是家裡永遠吃不完的年節禮盒，一簾幽夢一般掛滿廚房的香腸，就算吃到發霉，媽媽仍把壞掉的邊邊切掉繼續吃；像是跟媽媽在傳統市場的攤子間穿梭，揮汗如雨，討價還價。

說到傳統市場，小時候其實是厭惡去的。以前的傳統市場又暗、又髒、又熱，地上永遠溼滑，空氣老是腥臭味，手裡提著一袋袋的魚、蛋、肉、菜，又重又辛苦。記得美式超市剛在臺灣開幕時，媽媽帶著我們幾個小孩去見世面，我看著裡面光鮮亮麗，有著涼涼的冷氣，每一樣食物都包裝得清爽乾淨，不會一路提著滴著血水的魚回家，感到萬分羨慕。我眼睛一亮跟媽媽說，以後長大，我都要去超市買菜，不要再去傳統市場！媽媽只是淡淡的說，那你最好很有錢，超市裡面的東西都比較貴！

沒想到我當年的許願變成詛咒。後來到美國生活，我並沒有變得有錢，只是這裡沒有臺式的傳統市場，我果然只能在超市賣場購買食材。乾淨清爽是沒錯，但是少了傳統市場的喧鬧，少了多樣的新鮮食材，少了肉攤子上心啊、肝啊、胃啊的內臟，以及在燈光下晃啊晃的真實感。買菜的只是一種必須完成的儀式。另外，看著被保麗龍、保鮮膜密密包起來的食材，這些為了保持清爽而過多的包裝，有時候不免心生厭惡。

自己種植蔬果，自己捕獲海鮮補足了這樣的遺憾。這些食材的新鮮度真的不是超市可以比的。從產地到餐桌，沒有任何需要被拋棄的物品。就算是果皮、魚內臟，統統都是回收再利用的堆肥。

所以，食物不只是用來果腹而已，牽引出來的是家鄉的情懷，也是生活的體會，生命的尊重；這些豐富的點點滴滴，在腦海中流轉，在舌尖上駐足，一一消化、輸出、成型，化作文字，揉塑出一篇篇的散文。

這些散文最初刊載於我的粉專「陳郁如的奇幻世界」，還有在「飄洋過海的移民故事」社團上，當時得到很多朋友踴躍的回應，勾起許多人的飲食回憶。也有朋友給我食譜，或是作法上的建議，大家一起得到更多的靈感，做出更多變化的美食。

像是〈苦瓜與人生〉這篇貼出來時，好多人也和我分享小時候不愛吃苦瓜的經驗。有個朋友說，她到現在長大還是不吃苦瓜，不過為了響應我的文章，她打算做五次苦瓜料理，看看是不是真的可以接受。她也真的很執著的做了五種不同的苦瓜料理，照相跟我分享。五次之後，她告訴我，她還是不愛，但是可以接受了。真的是個可愛又認真的性情中人啊！

這本書裡收錄的文章有的曾發表過，但是為了出書，都做了更精煉的修改。同時也選錄了一些沒有完全公開的散文，讓這本書呈現耳目一新的風味。

謝謝親子天下支持我的夢想，讓我完成這本飲食文學；謝謝我的家人跟我的連結，讓這本書的內容豐富；謝謝朋友們願意在臉書上閱讀落落長的初稿，給我意見。我以一本完整的飲食散文獻給大家。

推薦序

舌尖的桃花源

文／傳播學者、作家、廣播主持人朱全斌

我們從小就讀過「田園詩人」陶淵明的文章，他棄官歸隱，躬耕自食，並且透過詩文，分享他從中感受到的生活情趣。他筆下諸如「種豆南山下，草盛豆苗稀」或是「採菊東籬下，悠然見南山」的生活描述，都是現代人心雖嚮往之卻不敢奢望的情境。沒想到，這本書卻告訴我們這是可能的。

作者陳郁如住在陽光充足的加州，那邊的土地肥美，幾乎種什麼都很容易。她的前後院跟停車道邊種有各種蔬菜、豆、瓜，更有柿子、無花果、火龍果等果實。在疫情期間，完全不用出門，從產地直達餐桌，自給自足。更厲害的是她還有一位深通水性的先生，會親自捕來各種漁獲，說她家就是一個小桃花源也不誇張。

不過當年移民美國，這一切並不在作者的規畫之中。本性好奇，喜歡嘗試新鮮事物的她，因為思念家鄉口味，試著複製姑婆做的豆漿，卻得不到另一半支持；在結束了一段不愉快的婚姻之後，她開始依著本性想活出自己，反而在一個探戈舞會上遇見懂得欣賞她的人。若沒有這樣的因緣造化，可能也不會有這本書了。

找到對的人生伴侶真的很重要，從作者的敘述，我們看到他們可以一起體驗、互相學習各自成長背景中生活的美好，不但認知的世界擴大了，也在分享當中增進了夫婦的感情。

移民海外難免鄉愁，尤其放不下的是記憶中家鄉食物的滋味。本書最動人的部分是關於成長時期的回顧，裡面有母親的廚藝、爸媽的園藝、外公的疼愛，還有在學校上家事課的點點滴滴。這些豐富卻已成過往的記憶，不單與味覺有關，裡面也參雜著濃濃的情感。

雖然洛杉磯可以買到許多臺灣的食物，但是作者寧願透過自己的雙手來做，從臺式麵包、北京烤鴨、月餅、蛋黃酥一直到桂花糕都難不倒她。書中她除了詳述烹飪過程，更有趣的是交代做每一道料理的前因後果，裡面充滿親切的家常與溫暖的人情，生動的描述好像將讀者帶到現場去了一般。

坊間的食譜書很多，但是跟本書一樣能書寫出一篇篇動人故事的卻屬少見，尤其這些故事我們是如此熟悉，裡面好像也都有我們自己的影子，在閱讀時，許多成長期的記憶也一一被召喚出來。我想作者想跟我們說的是，每個人心中都有一個桃花源，而味覺永遠是引領我們找回它的鑰匙。無論人在天涯何處，都不能忘記這一點吧。

推薦序

萬物靜觀下的真誠滋味

文／教育部閱讀推手曾品方

浪漫的書名、溫潤的文字、意猶未盡的滋味，《我的一簾柿餅》是嚴峻疫情下的最佳滋養品，不只撫慰我們焦慮的心，更照見我們渴望的平安日常。

這本書是遠渡重洋的臺式飲食文學，沒有豪華大餐，也沒有盛宴排場，只有身邊垂手可得的食材，無論是來自加州庭院裡的無花果、柿子和苦瓜，或是臺北屋頂花園中的石榴和曇花，透過生動的文字描繪，每一株植物都有獨特的氣質美感，我在字裡行間，彷彿和作者一起用心栽培，在辛勤的勞力付出後，品嚐到最甜美的果實。

比起珍饈佳餚，更令人難以忘懷的是清清淡淡的家常菜，當平凡無奇的雞蛋和豆漿，月餅和蛋黃酥，在手作的溫度裡，揉進了對故鄉的思念，對家人的關愛，就是人間最幸福的滋味了。人與食物的真誠互動是本書的特色，即使是「美國的龍蝦比較大隻」，也要依靠雙手到海裡捕獲，並且謹守數量和尺寸的規定，力行實踐生態保育，充分展現取之有度的精神。原來，我讀的不只是盤中飧，更是對家的感覺，對生命的尊重。

《我的一簾柿餅》的妙用，除了具備文學意境的美感，愛物惜物的啟示之外，還可以作為記敘文寫作的範本。每一篇文章的開場通常是想起某個人、某個時刻或是某個地點，特別是小時候對食物的記憶；其次是回到當下，描述食材的外觀變化或是料理的過程，傳達以物寄情的深意；文末的結語則是對於過往和現在的綜合感觸或想法，整體的結構完備前後呼應，是小讀者練習寫作的好示範。此外，建議中小學的食農教育、營養午餐宣導，除了介紹食物的種類、營養成分之外，也可以融入飲食文學，例如適時結合《我的一簾柿餅》的閱讀，讓孩子面前的每一份餐點，不只是食物，還有濃濃的人文關懷，沁人心脾回味無窮。

很難想像，郁如老師握著同樣的一枝筆，可以寫出千迴百轉的《修煉》、氣勢磅礡的《仙靈傳奇》、寓意深遠的《養心》，也可以娓娓道來家居生活瑣事。如此千變萬化的文采，除了具備博學多聞的基本功之外，更要有認真的生活態度，敏銳的觀察力，才能培養出對萬事萬物的洞見。閱讀新作《我的一簾柿餅》，就好像平日裡和街坊鄰居打招呼，只是輕聲的問好道早，分享食物分享心情，再送上溫馨的微笑，就是我們身心安頓的好家園。

推薦序

隱藏在平凡料理下的深刻情感

文／「黃大寶便當：愛的家庭料理」粉絲專頁版主袁櫻珊

奇幻天后陳郁如寫虛空的《仙靈傳奇》、《修煉》和《養心》精采絕倫，寫真實世界的飲食文學也同樣攝人心魄、五感為之震動。

她的文字有股魔幻力量，讀著讀著眼前便會建構出場景。食物只是媒介和引子，串起的是一個又一個生命故事。她寫婚姻的孤獨、委屈和小心翼翼；寫離婚後無法給孩子優渥生活的悲嘆自責；寫異鄉人對母親和家鄉食物的情感依戀；寫再度遇見愛情的轉折與幸福。依隨她的筆觸，彷彿也陪她經歷了一回。

許多她的飲食記憶，也是我的；她對家人和童年的思念，也翻騰出我的思念。思念裡有年輕的父母、熱鬧的廚房、受寵的孩子、包子饅頭和豆漿、蔥花奶酥和花生麵包、餐桌上的龍蝦風景……讓人穿越到少女時代，回到過去那段懵懵懂懂卻又閃閃發亮的日子。

人到中年，吃食的喜好越來越強烈鮮明。而那些吃不膩的、回味無窮的，多半都是帶著情感厚度的菜色。烤鴨、廣式月餅和蛋黃酥，輕輕寫出了對母親的深深思念。吃在嘴裡的不只是食物，而是兒時被寵愛的幸福。母女此生只做過一次的蛋黃酥，就足以讓她記上一輩子！她將對母親的思念，包覆在裡頭，再快遞送給女兒品嚐，讓蛋黃酥在他們家有了更深的連結和意義。

我愛極了她那專屬於吃貨的堅持，〈手作月餅〉一文寫道：「現在人講究健康，廣式月餅沒人愛，蛋黃也不要，還要少油少糖，聽了真是傷心。我寧可吃不到，也不要吃不酥、不油、不甜、不膩、不香、不脆、沒有蛋黃的東西來過中秋節！我雖身在異邦，這點志節還是要有的。」太帥了！沒錯沒錯就是這樣，看得我好想跟她雙手舉高高來個華麗的擊掌。就像吃炸雞就是要吃喀滋喀滋的雞皮、滷肉就要吃黏膩銷魂的豬皮，怎麼可以撇下它們，讓它們孤苦伶仃的躺在廚餘桶？

我也愛她只抓公蝦和大魚以維繫海洋生生不息的自律和心意、描繪海裡的龍蝦瞬間移動的功夫，以及鋼瓶即將用罄的緊張心境，看了都跟著緊張起來。只不過，當「龍蝦」這麼誘人的關鍵字登場時，我還是不免激動，下意識的舔嘴唇吞口水，大聲嚷嚷「我也好想跟他們一起去抓龍蝦喔！我好想吃奶油口味的龍蝦喔！」

她不只對食物熱愛，對萬物也有情。見到她和 Robert 一起潛水、抓魚、採柿子、熬果醬的恬然自得，除了心生嚮往，也為她開心。一盤鹹蛋苦瓜、牆邊冒出的火龍果，就讓這對夫妻馬上買果苗種起來，真是好可愛！她在成人後愛上苦瓜，以及從苦瓜悟得的人生哲理，也是我輩中人該有的體悟與修煉。

婆婆的廚師機（Kitchenaid Mixer）是公公寵溺愛妻的禮物，婆婆用它做出一個個幸福的甜點，那是Robert小時候的美麗回憶。如今交到了郁如手上，重新啟動機器，讓老物繼續運轉並創造新生，堆疊出下一代的甜蜜印記。一臺機器，穿越三代，是多麼浪漫的事！

只有心裡深深愛著，才會如此念念不忘、深情款款，想方設法把記憶裡的一切，以各種形式牢牢的復刻出來。鼓勵大家也試著寫下自己的故事，如此，時間便可以永遠停在那裡，心愛的人也會永遠在那裡！

推薦序

串起每個人心中的味覺記憶

文／親職專欄作家陳安儀

我讀過很多的美食散文、食譜食記，不過郁如的《我的一簾柿餅》真的是其中最特別的一本。

大部分的美食散文，寫的是菜色歷史、由來，或是介紹作法、步驟，頂多加上自身相關連的故事、回憶，但是我從來沒有看過一本美食散文，是從瓜果蔬菜的種植開始：採收、醃製、烹煮，甚至連下海捕撈龍蝦、鮮魚，全都不假他人之手，從頭到尾親自為之，看得我是目瞪口呆、嘆為觀止啊！

更何況，郁如不但是位名畫家，開過多次個展；寫的少年小說長時間盤踞於暢銷排行榜上；剛才出過旅遊散文，現在竟然又再度跨界到美食烹飪，而且連農夫、漁夫的工作都搶來做！一般人這一輩子能專擅一樣就很不容易，她竟然能夠做什麼、像什麼，不但有板有眼、有模有樣，過程中還能玩得不亦樂乎，發現許多哲理，實在令人佩服得五體投地！

在這些篇章中，有些內容她曾在自己的臉書上發表過，像是醃製鹹蛋、壓製豆漿、採摘後院植栽做出精緻的點心……每每一貼文，就會引起讀者朋友的共鳴，紛紛留言回應，十分熱烈。我還記得，看到她寫〈苦瓜與人生〉時，我也不禁回想起自己第一次吃到美味苦瓜的記憶。

幼時外婆鄰居家，有位久病臥床的阿姨，鄰居婆婆常招我去唱歌說笑，給愛女解悶。後來那位阿姨病逝，但鄰居婆婆仍待我極好。有一次我放學忘了帶鑰匙，她便招我去屋裡等候，並且端出了一盤小菜——苦瓜。

那盤晶瑩剔透、白玉般的苦瓜，不是我們平常看見剖半、縱向切成薄片的那種作法，而是只削下苦瓜表面波浪般的突起，完全沒有瓤韌性的部分。冰鎮後擠上蕾絲般的美乃滋，盛在淺碟裡，就像一盤玉雕的藝術品！

從來不吃苦瓜的我，竟然被這美色所吸引，忍不住夾了一小塊。一口咬下，冰涼爽脆、甘美多汁，齒間口感好比切片水梨，讓我對苦瓜完全改觀，兩三下便一掃而空！

然而，後來鄰居婆婆也走了。無論我再怎麼形容、再怎麼嘗試，都再也吃不到、做不出那盤苦瓜的滋味。那個夏日午後的冰鎮苦瓜，就這樣成為我記憶中的絕響。

讀完郁如的飲食散文，每個人都會想起專屬於自己的味覺回憶：或者是美好的童年；或者是思念的故鄉；亦或者為自己珍視的人親手料理的心意。她除了以行動實踐「產地餐桌」的概念，充滿「廚房實驗精神」之外，隱藏在料理背後的鄉愁和回憶，及夫妻攜手種植瓜果、出海釣捕魚蝦、處理醃製食材的故事，更串起了她與母親、女兒、丈夫之間的情感，每一篇都有滋有味，細膩感人。

現今的少年讀物中，多的是奇想魔幻，然而描述現實生活的溫馨散文作品卻相對缺乏。《陳郁如的食．味．情手札：我的一簾柿餅》以平易近人的辭藻、流暢的敘述、細緻的描繪，傳達出動人的情感，易於閱讀且與現代生活貼近，是很好的示範，千萬不要錯過呀！

擠出豆漿的千般滋味

姑婆前一天把豆子泡水，早上起床把豆子用果汁機打成漿，倒入布袋中，用手擠出豆汁。白白濃稠的豆汁放到鍋中，煮啊煮，煮到滿室豆香……

小時候，爸媽都要上班，會請人來家裡照顧我們、做家務。這些人來來去去，當時年幼，記不太起來是哪些人，直到我上小學一年級時，有一天，家裡來了一個長輩。

「這是姑婆，她以後要來幫忙媽媽，你們要有禮貌，也要多幫忙喔！」爸爸媽媽和藹的介紹。

姑婆？我唯一聽過這個稱呼是在一個故事裡，在我最害怕的故事裡，對，就是〈虎姑婆〉。

「姑婆是阿公的妹妹，是親戚的稱呼啦！」媽媽用一種笑到肚子痛的態度向我解釋。

小小年紀的我，懷著不安的心情，胡思亂想了好幾天，確定這位姑婆不會變身，才相信媽媽的話。

姑婆年輕時遇人不淑，先生好賭，所有家產都被輸掉，她一邊辛苦的帶大孩子、養家，一邊應付賭徒先生的賭債。晚年還要到親戚家裡幫忙，賺生活費，傳統臺灣婦女堅毅刻苦的風霜在她身上僕僕展現。

這位姑婆不僅不會吃人，還會做好吃的料理。一天早上起來，發現早餐有豆漿！原來她一早起床做豆漿給我們一家子喝。

媽媽平常上班忙碌，根本不可能花時間做這種需要很多步驟製作的飲品。我看著姑婆前一天把豆子泡水，早上起床把豆子用果汁機打成漿，倒入布袋中，用手擠出豆汁。白白濃稠的豆汁放到鍋中，煮啊煮，煮到滿室豆香，香濃好喝的豆漿終於上桌。

豆渣，是做豆漿的副產品。不浪費的姑婆，把豆渣煎成豆餅，每天早餐有豆餅和豆漿，真是太幸福了！家裡每個人都很開心。就這樣，姑婆每天辛苦的早起，用她滿滿的愛，做現成的早餐。

只是什麼東西一成不變的天天吃，不知感恩的小孩不久就膩了。

我們想到豆漿、豆餅都會怕，幸福感慢慢變成辛苦感。媽媽不得已，只好請姑婆暫時不要做豆漿了，他們會買麵包給我們小孩吃。姑婆受傷的表情讓我感到愧疚，但是當時年紀小，只慶幸能吃到不同口味的麵包，無暇顧及長輩的心情。

直到來美國，豆漿要到遙遠的華人超市才買得到，而且肯定不是現做的，這段回憶才湧上心頭。現代人重視飲食，美式超市除了牛奶，也會看到豆奶、杏仁奶、燕麥奶，選擇很多。但是那種豆奶跟我在臺灣喝的豆漿就是不一樣。它可能健康，卻少了記憶中的味道，我堅持不讓它取代臺灣豆漿在我心中的地位。每每想到曾經有段時間，早上起床就有人做新鮮豆漿給我喝，卻不懂珍惜的日子，就很想回到過去把那個不知感恩的自己搯醒。

結婚後我曾試著自己做過一次。憑著年幼的記憶，加上網路上教的作法，跑去買黃豆、紗布，重新回味在那個晨光昏暗的小小廚房裡，挨在姑婆身邊，看她費力的用手擠出豆汁，擠出一家人的營養早餐。

我的兩個女兒對這樣親手操作覺得有趣，幾隻小手輪流用力，歡樂從過往的記憶帶到眼前，美味也在眼前。

只是當時的先生過來一看，皺起眉頭，「你們怎麼用手啊，這樣好不衛生，太噁心了！」

「本來就是這樣啊，我從小長大都是這樣做豆漿的。」我弱弱的說。

「手上很多細菌耶！居然直接碰觸豆漿，太髒了！」他鄙視的說。

「我們都有先洗手啊！」我微弱的辯解。

最後做出來的豆漿，他沒有喝，因為不衛生。之後我也就沒再做了。因為不想被鄙視，不想被否認，不想被貶低。

這其實不是他的問題，是我的問題，我不能找到自信，會在意親近的人的意見，拿他人的評價來箍住自己。我應該堅持自己的價值觀，應該相信自己想要的東西。別人不想喝做的豆漿，那是他的事，我不需要在被他人壓低的同時把自己壓得更低。我要學著不被影響，想要做就去做，而不是放棄原本的想法去迎合。

當然，這些都是後來的領悟。

離婚之後，我跟小孩一起住，沒有他人的評價，我再度自己做豆漿。自己做豆漿比較好喝，也比較便宜。

小孩對於親手做的東西都很有興趣，而擠豆汁永遠是做豆漿最有趣的部分。

「這樣可以了嗎？」小小的手用力很久，期待的問。

「可以啊，很棒，不過我要再多加一些水進去，擠出更多豆漿出來。這樣才不會浪費。」我說，「如果你手痠的話我來。」

「沒關係。」小孩豪氣的說。

她很興奮又努力的多加好幾次水。「這樣才不會浪費。」她學著我說。

而我，在一旁心酸得想掉淚。

離婚後，我無法給她富裕的環境，當時我只出版了三本書，版稅並不多，要維持在美國加州大城市中生活並不容易。連做個豆漿，我都這樣小心翼翼，水加了再加，不肯錯過任何躲在豆渣之間的漿液。

我難過的不只是那加過多水稀掉的豆漿，還有為人母的無能，連杯濃稠豆漿都給不起自己的孩子，而小孩的貼心懂事更是讓我心疼。直到現在，幾年過去了，每一次我做豆漿，這一幕都會在腦海浮起，夾帶著酸楚，跟著豆漿被擠出來。

後來，第二段婚姻與Robert生活後許久，我才敢嘗試做豆漿。

他喝過豆漿，但是對於製作過程並不了解。我先用口頭跟他描述，同時也偷觀察他的反應，是不是也會對「用手擠壓」有障礙。

「原來是這樣啊。」他一臉了解之後的興味盎然，「你什麼時候要做？」

「你……不會覺得用手擠豆漿很奇怪嗎？」我小心翼翼的問。

「奇怪？為什麼奇怪？」他一頭霧水。

「就是會覺得很髒啊！」

「不會啊！為什麼會很髒？你又不是上完廁所不洗手就去擠豆漿！」他翻了白眼。

「喂！」我也白了他一眼。他舉例不倫不類的，不過他的話也讓我安心。

晚上睡覺前，我把黃豆洗好泡水。第二天早上，堅硬小小的豆子長胖、長大，也變軟，我拿出果汁機，分次加水加豆，按下電源，轟隆轟隆，刀利豆散。

混合物從果汁機倒入棉袋，兩手用力擠啊擠，豆汁緩緩流出。

Robert在一旁，看著皺眉。

「怎麼了？」我的焦慮感、挫折感慢慢爬上來。

「我看你這樣手會很痠耶，你之前手腕的傷可以承受嗎？我在想，或許可以先讓混合物從榨汁機中過濾一次，分離掉大部分的渣，剩下的再用手擠壓，會省力很多。」Robert認真的幫我想解決方法。

我愣愣的看著他，他擔心的不是我的手髒，而是我的手傷。

我們一起合作，把果汁機攪碎的水豆混合物慢慢從榨汁機中倒入，這機器幫我們把大部分的渣過濾出來，如果不介意豆漿喝起來帶點渣，其實分離出來的漿液也是可以喝的。可是對我來說，我還是想念小時候喝的那種豆漿，堅持要最古早的記憶，所以還是再把漿液倒入棉袋中，再做最後一次過濾。這時候再擠壓，果然就容易許多，曾經受傷過的手腕關節負荷也沒那麼大了。

過濾後的豆漿在大鍋中煮滾，豆香瀰漫整個廚房，這味道帶著我回到小時候，巷子轉角的那個鐵皮搭起來的小攤子。小攤子的右手邊有個用來炸油條的大鍋，那是我吃過最好吃的油條。我也好愛看細細軟軟的麵團，被老伯伯一壓一拉，丟進油鍋，就開始吹氣脹大，變成一條金黃油滋滋的大油條，讓人看著直冒口水。因為油炸不健康，當時媽媽不允許吃，不過我都會央求在旁邊觀看，隨著麵團加熱膨脹，視覺滿足了味覺的不足，小小的心靈覺得這樣也就夠了。

小攤子還有賣饅頭包子，但是飄著的永遠是豆漿的香味。多雨的臺北，空氣潮溼厚重，在汽油味、水溝味、垃圾味、人味、城市味所

在鑄鐵鍋中熬煮的豆漿

混雜的氣味中，豆漿味道是一股撫慰的力量，驅散現代人的焦躁，填補空虛的心靈。現在跟著時空轉移，來到美國沙漠的廚房，我打開鍋蓋，讓這味道帶著我在洛杉磯與臺北兩地跑。

關了火之後的豆漿又有新的變化，表面接觸空氣開始冷卻後，光亮的液體表面慢慢變乾涸狀，然後微微皺起，形成薄膜。這層薄膜是我跟Robert的珍愛。用筷子從鍋邊插入豆漿，沿著薄膜的下方，順著表面的直線慢慢提起來，兩個半圓的薄膜接受地心引力的作用，服順的向下垂落，互相黏貼，一片皺皺黃黃的豆皮就這樣產生。媽媽以前告訴我，這是最營養的部分。我和Robert分著吃，珍惜每個輕巧特別的小事物。

至於做豆漿剩下的豆渣，我則加入了蛋跟麵粉，比例隨意，可以成團就好。在鍋中放入油，將捏成團的豆渣壓平、煎成兩面微焦的薄

上：用筷子撈起來的豆皮，是豆漿冷卻後的精華

下：製作豆漿所剩下的豆渣，加入麵粉便成為最愛的早餐

餅。很多人不愛豆渣的口感，但難得Robert很喜歡，我們一定全部吃掉。因為餅團內沒有加調味料，所以吃的時候會佐以果醬。這些果醬都是來自家裡的果樹，我們將吃不完的水果做成果醬，比較容易保存。檸檬醬、無花果醬、斐濟果醬，都是盛產時留下的產品，冬天時讓我們還可以繼續享受這一年的成果，搭配原味的黃豆渣餅和豆漿，就是兩人豐盛的早餐。

有臺灣的朋友知道我自己做豆渣餅後跟我說，他好懷念豆渣餅的味道。我一時會意不過來，怎麼住在臺灣反而少吃到呢？後來想到，臺灣買豆漿多便宜、多方便啊！誰要花那麼多時間在家自己做？豆渣這種東西是要自己做豆漿才會有的副產品，外面要特地去買恐怕還買不到吧？想到這，再度感謝跟懷念姑婆，當年願意每天早上親手做豆漿給我們喝，一定是我當年的嫌棄心情被老天爺聽到，所以才罰我剩下的歲月住在需要自己做豆漿的國度。

有一回去鳳凰城（Phoenix），我們在一家餐廳外食，Robert看到菜單的飲料欄中有豆漿的選項，知道我喜歡，問我要不要，我想了一下，確定自己做的一定比較真材實料，決定不要花錢買。自己做的確花力氣、花時間，但是廚房豆香的連結記憶，是外面現成的豆漿無法取代的啊！

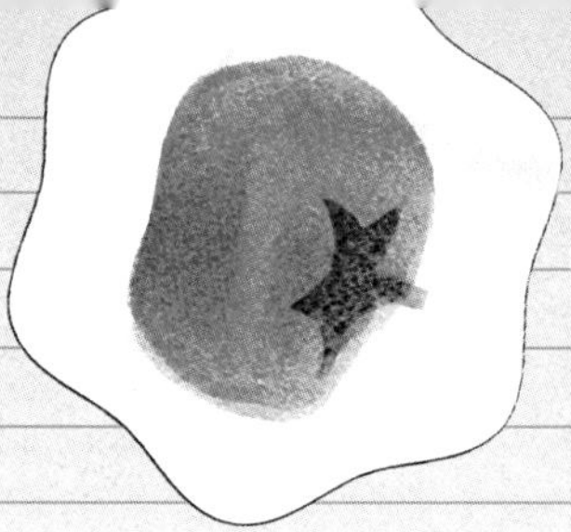

感恩節烤鴨

在每一道手做的過程中，你知道這些都是爲了家人用心用力；你知道在一個特別的節日中，這樣的耗時、費力，融入了對家人最大的愛。

媽媽退休前是國中美術老師，因為是專任教師，她通常有課才需要去學校。雖然她的課排得滿滿的，但是在升學為主的那個年代，美術課這種不在聯考範圍內的科目一向不被重視，絕對不會排在早上第一堂，也不會排在放學後加強，所以媽媽的下班時間都可以很充裕的用來照顧我們。但是一年總有個幾天她要值班，那一整天從早到晚，她都要留在學校。

小時候，我最討厭媽媽需要值班的日子。因為早上起床就看不到媽媽，晚上的晚餐通常也不是媽媽做的，她要好晚才回到家，對於愛黏媽媽的我來說難以忍受。

記得有一天，媽媽又值班，我懷著焦躁的心情等著她下班，那天，她帶外食回家。

「今天晚上吃烤鴨，我去煮飯跟炒盤菜。」媽媽下班趕回家，還是不得閒。

這家在大馬路邊的烤鴨店我經過很多次，可是為了省錢和健康，媽媽平常大多自己下廚，我們很少外食，只有出門旅遊的時候才有機會上餐廳。即便如此，如果是當天來回的小旅行，媽媽也會先在家做好壽司，裝滿水壺，帶上幾顆橘子，能不在外面買食物就不買。

可是這天，我居然在餐桌上看到烤鴨。那每次經過看到一隻隻吊在窗前、全身光滑油亮的鴨子。

媽媽教我們把麵皮攤開在手上，放上一片切好的鴨肉，塗上一些醬汁，折疊一下包起來，放進嘴裡，咬一口，那滋味真是無法描述。飽含油脂的鴨肉本身帶有特殊的香氣，醃製醬料的提味，加上麵皮的平衡口感，整個呈現一種和諧美滿又多層次的新鮮味覺。

之後媽媽值班時，我就會央求她下班時帶隻烤鴨回來，讓她的晚歸不再那麼難以忍受。烤鴨帶給我的美味不只是廚師的精湛廚藝，還有媽媽安撫我們的用心。

來美國之後，我發現在他們的料理中，鴨肉並不是那麼常見的食材，只有在比較高級的餐廳才能看到。如果有機會的話，我一定會點鴨肉，我對鴨肉就是有種特別的喜愛。

當然碰上真的想吃的時候，有些中餐館也會有鴨肉料理，加州有許多廣東人，港式燒烤很常見，烤鴨也是必備菜色之一。不過出門在外，柴米油鹽都得靠自己，當年媽媽傳承的節省觀念，我也默默的放進意識裡，實踐在生活中。幾十年後，烤鴨的價錢還是不平民，一樣是櫥窗裡令人流口水的食物，走過去聞著香氣，用嗅覺傳送到心裡滿足就好。

另一個幾乎可以肯定吃到鴨肉料理的場所，是臺灣人聚會的時候。通常是在某個朋友家，可能是耶誕節前的某個週末，可能是某個小孩的生日，可能是農曆新年的夜晚。不管是什麼慶祝的理由，在海外的臺灣人藉此相聚，盡情大聲的講講家鄉話，吃吃家鄉菜。

為了不讓主人有太多的負擔，大家通常都會自己帶一道菜赴約。廚藝好的會帶自己的成品，忙碌或無法下廚的就買現成的，然而，大家有志一同，都會準備中式或臺式料理。

一隻切好的烤鴨絕對是這種場合的精華。油油亮亮，躺在淺淺的褐色湯汁中。在排隊取食的眾目睽睽下，只能夾個一塊，想多拿兩塊，還得用著謙卑的笑容跟前後人說：「幫小孩多拿一塊，打電動打到都叫不來！」等排過一輪，第二輪想再拿，那就看你上輩子做多少好事了。如果不巧晚到，就只剩下保麗龍盒裡的湯汁冷冷的嘲笑你。

然而，讓很多人跌破眼鏡的是，我會做工序繁複的烤鴨，而這都要拜美國的感恩節之賜。感恩節對於美國而言是一個非常重要的節日，是家人團聚、互相感恩的日子；也是不分種族，不分宗教，一起珍惜尊重的日子，而火雞是這個節日中很重要的代表性食物。

可是我個人對火雞肉並不熱衷，尤其對小家庭來說，一隻二、三十磅重的火雞分量也實在太多了。因此，我想到一個取代方案，既然我特別愛吃鴨，那不如來試試烤鴨！

我想做北京烤鴨，上網找了食譜跟作法。雖然每個人的作法各有不同，但是共同的特點都是非常繁瑣耗時，不是一、兩天就可以完成。但是對我來說，這不只是滿足一時的嘴饞，不然的話中餐館買一買就好，又快又好吃。自己做的別具意義，在每一道手做的過程中，你知道這些都是為了家人用心用力；你知道在一個特別的節日中，這樣的耗時、費力，融入了對家人最大的愛。

感恩節桌上的烤鴨代替一般常見的火雞

北京烤鴨有一個有趣的步驟：吹氣。當我看到這步驟時，真的覺得很新鮮，原來經過吹氣的動作，把皮跟肉分離，才能烤出皮脆肉軟的口感。

連我這個老人都覺得有趣了，對小孩來說更是有著極大的吸引力。第一次做烤鴨的時候，我和女兒一起吹氣。我們拿一根吸管，照著指示，捏起胸口的鴨皮，對著鴨皮與胸肌之間的薄膜插進去。

「應該可以了，試試看。」我鼓勵女兒。

她深深吸一口氣，表情有點緊張，有點興奮，像是準備進入某個儀式。

「呼……」她微微吐一口氣，沒有動靜。

「用力一點。這不是嘆氣，要像吹氣球那樣。」我說。

「呼呼……」她壓縮自己的肺，鼓動臉頰，終於，鴨子皮膨起來了。

此時鴨子已經鼓起來，我們用棉繩把胸口的洞綁緊，這樣空氣才不會外洩。

專業烤鴨是把鴨子吊起來，放入烤爐中，以四面八方熱火冶煉，這樣才能烤得透徹，上色均勻。但是家用烤箱無法如此，通常就是放在烤盤或烤架上，其中有一面就會被壓住，讓受熱不那麼勻稱。後來，我學到一個訣竅：找一個玻璃啤酒瓶，瓶內裝小石頭或沙土，讓它降低重心，不會傾倒，之後把鴨子立在準備好的玻璃瓶上，煮一鍋熱水，把沸水前前後後澆在鴨子的外皮上，確認每個角落都淋上。

鴨皮淋到滾水一剎那是另一種神奇，鴨皮原先因拔毛而產生的一顆顆疙瘩，經熱水漫過後一一緊縮撫平。鴨子洗了香香的熱水澡，皮膚都變細膩，毛細孔縮小，質地光滑緊繃，白白亮亮，這種拉皮功效讓人讚嘆。

美容過的鴨子要風乾，不能出油，像女人對皮膚保養的堅持。風乾後開始上妝：醬油、米酒和麥芽糖混合成調味料，先薄薄刷一層，淺淺的褐色鍍上白白的皮，然後風乾，再上調味料，再風乾；這樣重複再重複，當鴨皮呈現漂亮的小麥色，均勻無瑕，就可以進烤箱了。

烤鴨連同玻璃瓶一起立著進入先預熱好的烤箱。烤箱散出熱氣的同時，也把鴨肉、鴨油、醬油、米酒、麥芽糖、香料混合的氣味帶出來；閉起眼睛，深吸一口氣，彷彿穿越時空，站在永和路上，那個人聲鼎沸，車水馬龍的路口。睜開眼，原來只是自己的小小廚房。

烤鴨出爐時，肉熟皮焦，整屋子的香氣達到最高點。緊繃的鴨皮閃著光澤，皮下的油水翻滾，頂著鴨皮上下浮動，讓人看得也雀躍心動。

我拿出刀子，兩天的準備就等這一瞬間。叉子抵住鴨胸，利刀貼著鴨皮，四十五度角斜斜劃下去，順著切口流下肉汁油脂，香味四溢。

我的刀工不好，只能用「反正吃下肚子就都一樣」安慰自己。鴨胸的部分一片片切下來，鴨翅、鴨腿順著關節肢解，擺上盤子，旁邊排上切絲的小黃瓜，拿出電鍋蒸好的餅皮，冰箱拿出來的沾醬，感恩節大餐就可以上桌了。

鴨肉的口感比雞肉緊實，咀嚼起來感到肉質有彈性，但是不會堅硬難吞，更不會乾澀如柴，鴨油伴隨每個咀嚼間滲出，油脂的香氣充塞兩頰，入喉還會有餘香。據說鴨油營養價值高，是屬於好的油脂，在美國的有機超市裡，小小一罐就要價十二美金。

孩子們超級滿意用烤鴨取代火雞，從此，吃烤鴨成了我們特別的感恩節傳統，不一樣的吃食文化，但是感恩的心卻是一樣的。

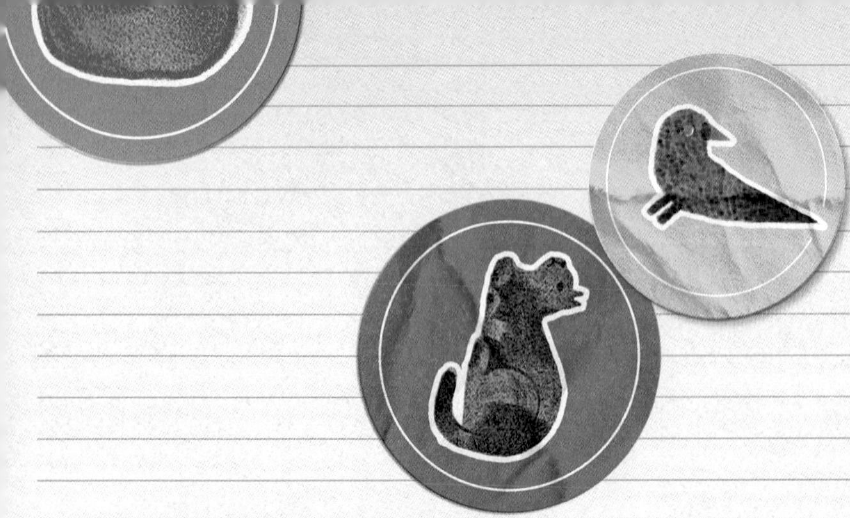

蛋蛋的鄉愁

幾乎所有蛋料理我都喜歡吃，這大概是我可以天天吃而不會膩的食材，沒有之一。

小時候跟媽媽去傳統市場前，我都會問：「今天要不要買蛋？」聽到答案是「要」的時候，就會特別期待。很難解釋為什麼，雞蛋總是給我一種神祕的感覺。外面一層硬硬的殼，但是它又是那麼脆弱，輕輕一喀就裂，微微一用力就散。蛋殼裡是液體又不是液體，清清透明的蛋白黏黏糊糊；中間一層膜包著另一顆液體的東西，黃黃圓圓的立體，用手觸著有彈性，也是稍一用力就破，溼溼稠稠的蛋黃帶著腥味。這樣一個複雜的組合，在生物學上還只是個單細胞，真的很有意思。

小時候沒有超市，去的是傳統市場。傳統市場的蛋不是一盒盒事先裝好的，那是一個木板架起來的檯子，上面堆滿了白白橢圓的蛋。小丘般的蛋堆看起來豐盛，美好，營養。

「那邊的蛋跟這邊有什麼不一樣？為什麼要另外放？」我指著檯子

油畫：雙黃蛋

另一邊，那裡有幾個箱子也放滿蛋，可是媽媽從沒靠近過那些箱子。

「那邊的蛋比較大。」媽媽低著頭忙挑蛋。

「真的？」我好奇的走過去瞧瞧，果然，這些蛋比媽媽面前的還要大且飽滿，像是吸足了養分，生命就要蹦出來那樣。

「媽，那些蛋比較大，我們為什麼要挑小的？」我不解的問。

「哎喲，比較大就比較貴啊！我們選這些小的就好。」媽媽說。

爸媽以前是學校老師，老師固定微薄的薪水要養兩大三小，我們的確吃飽喝足，但是父母親一向節省，珍惜物品，挑蛋也是。

大概是那時候，我第一次了解到貨物的品相會影響價錢的高低，而價錢的高低會影響媽媽選蛋的大小。

這種邏輯連結不難，小小孩的頭腦也可以接受這樣的思維，但是在當下，我記得有一種微妙、不舒服的感覺，因為第一次了解到現實世界的市場機制，有些難以接受。

更小的時候，跟著媽媽去買蛋，還不能選蛋，只能用看的。

「哎，我來挑就好，你們不要碰，不小心破了，要賠老闆的。」媽媽謹慎的再三警告。即使我們信誓「蛋蛋」的說不會碰壞，但是她還是不時的轉頭盯著我們的手，深怕哪個小孩手癢，禁不起蛋蛋的誘惑，給老闆摔落幾顆，賠錢外還讓她丟臉，不是好玩的。

事關名和利，不能強求，所以我們只能看蛋。

看著看著，真的都看「淡」了，直到有一天，媽媽雲淡風輕的說：「來，幫我挑蛋。」

「啊？真的？」我臉上綻出興奮期待的笑容，想不到這一天終於來了，我可以在大庭廣眾之下，用我的手去碰蛋。這可是非常神聖的一刻，我不再是看蛋的小孩了，我是可以作主挑蛋的小孩。

「不要挑那顆，那顆太小了。」媽媽馬上喝斥，神氣的感覺滅了一半。

「可是我覺得這顆很可愛耶！」我握著這顆跟我拳頭差不多大的小蛋，捨不得放下。

「蛋是要吃的，不是用來看的。要挑大一點！」媽媽嚴肅的說。

「要大的我們就去另外那邊啊！」我認真回答。

「那邊比較貴啊！」媽媽快要沒耐心了。

哎，大人的邏輯真難懂。

不過為了不要失去好不容易爭取來的挑蛋殊榮，我最好閉嘴，按照媽媽的指示，挑小蛋裡最大的蛋。

當時，老闆會給你一個厚厚的紙袋，我還清楚記得，是深灰帶點褐色的厚紙袋，外面再用一個紅白塑膠袋套著，我們要很小心的把蛋放進去。

根據媽媽的條件，選蛋第一要選大的，然後表面比較粗糙的，不能有裂痕。雖然蛋都是白的，但是要選顏色看起來清亮的那種白，不能是混濁黯淡的白。我覺得我對色差的敏感度訓練應該就是從選蛋開始。

幾乎所有蛋料理我都喜歡吃，這大概是我可以天天吃而不會膩的食材，沒有之一。

小時候有段日子，姑婆每天會來幫我們做早餐，每天早上都有荷包蛋吃，上面會滴上醬油。現在這也是我喜歡的吃法，常常晚上餓了，卻怕胖不想吃高熱量零食，我就會煎兩個荷包蛋，配上醬油，快速又營養。

有一陣子媽媽會弄白煮蛋，可是小小年紀，對於中間的乾硬蛋黃很難接受，當時的我很不喜歡。沒想到長大後卻喜歡上這種最原始味道的蛋，沾點鹽和黑胡椒粉就能直接吃。

跟雞翅、雞肝、雞腿、醬油一起滷的滷蛋是我的最愛。臺灣很多料理中都有這道配菜，也讓美味升級，像是滷肉飯、擔仔麵、排骨飯、飯糰等等，滷蛋絕對扮演著畫龍點睛的效果。

至於日本料理的茶碗蒸，那種入口即化的口感，絕對是小孩們的心頭好。兒時生病，媽媽都會蒸一碗端到床前，再怎麼沒胃口，都可以慢慢吃下去。

茶葉蛋則是小時候少數我們被准許購買的零食，那是旅遊中的重點。許多風景名勝區都可以找到茶葉蛋的攤販，遠遠就聞到味道，甜甜的醬油混合著五香和八角，還有濃濃的茶葉香，順著嗅覺進駐到腦細胞。日後再度欣賞旅遊的照片時，腦中的視覺記憶喚醒嗅覺記憶，茶葉蛋的香味再度瀰漫。

除了雞蛋，鴨蛋更是回憶中的回憶。

鹹鴨蛋，單看這三個字就夠讓我流口水。從早餐的清粥小菜，到包在粽子裡的餡料，夾在月餅裡的精華，還有各式各樣的點心提味，都是鹹鴨蛋的天下。

另外，鴨蛋還有一種令人無法聯想卻十分常見的樣貌，那就是皮蛋。皮蛋和一般蛋的顏色口感不同，味道也大相逕庭。皮蛋有股鹼味，聞著嗆鼻，吃進嘴也有股阿摩尼亞的味道，若不是從小吃慣的話，真的不是容易接受的食物。

但我從小就愛皮蛋，不管是熱騰騰的皮蛋瘦肉粥，還是清爽的皮蛋豆腐，都是心頭好。我兩個女兒在我的調教下也喜歡皮蛋。有一回我們三人一起看美國挑戰極限的真人秀，主辦單位拿來一盤皮蛋給這些參賽者吃，看他們一個個一邊捏鼻子作噁一邊試吃，臉上表情痛苦無限，女兒們大喊：「拿給我吃，給我吃！」

除了一般料理外，做烘焙的人都知道，蛋也是各種餅乾糕點等重要材料之一。蛋白和蛋黃在經過跟其他食材混合處理後，呈現出完全不同的美好風味。

二十多年前，我到美國時曾在紐約落腳。紐約是許多義大利裔美國人居住的地區，義大利食物在紐約非常道地知名，New York pizza 成了某種標竿，在美國各地的披薩店都以能製作 New York pizza style 當作賣點。除了正餐外，義大利的甜點也是聞名世界，比如大家熟知的提拉米蘇，但是我迷上的松子餅就很少人知道了。松子餅在義式糕餅店中屬於昂貴的甜點，因為它上面有一層密密的松子，餅本身並不是特別堅硬，而是 Q 軟扎實。咬一口餅，還可以感到滿滿的杏仁甜味在口中散開。

松子餅用重量計價，在許多年前，一磅就賣二十美金。我每次只會買個兩、三片解饞，不敢買多。

後來搬到加州，想再找這樣的餅乾，居然找不到，每次看到專賣義大利食品的店面一定都會進去找，可是真的都沒見過了。沒想到離開紐約，就沒再吃到松子餅了。

在一次無意的機會中，我在網路上找到松子餅的食譜，材料才四樣：杏仁餡、蛋白、糖、松子。沒有奶油，沒有麵粉，感覺比較健康。作法也容易，蛋白打發到硬，加入打碎的杏仁餡和糖，然後把混合好的蛋白杏仁糊用湯匙分成小份放到烤盤上，上面再放上松子，用攝氏一百八十度烤二十分鐘。

當我第一次做出來時，感動到快哭了，想不到我真的做出當年我在紐約吃過的口感跟味道。我讓Robert嚐嚐，他也立刻愛上。從

義大利松子餅

此，做鹹蛋黃後剩下的蛋白，就會用來做珍貴的松子餅。

一次，我們參加一個義大利朋友的聚會，主人邀請的朋友都是他家鄉的老先生老太太，去的人都要帶一道食物，我就做了一盤松子餅，結果造成轟動。大家一直問這餅是誰做的，一個老先生拉著我的手，老淚縱橫的說，這是他小時候街角餅店賣的味道，來美國後就沒吃過了，想不到在加州可以吃到，他特別來謝謝我。另外一個老太太跑來問我，可不可以分享食譜，她回家也要來做這個家鄉味。沒想到我身為一個臺灣人，居然做出義大利人也稱讚的餅，看著這些老人家的感動，我也跟著感動。

蛋，這麼簡單的食材，卻可以呈現這麼多元的型態和美味，可以讓不同國家的人回憶起家鄉，生起一股蛋蛋的鄉愁。

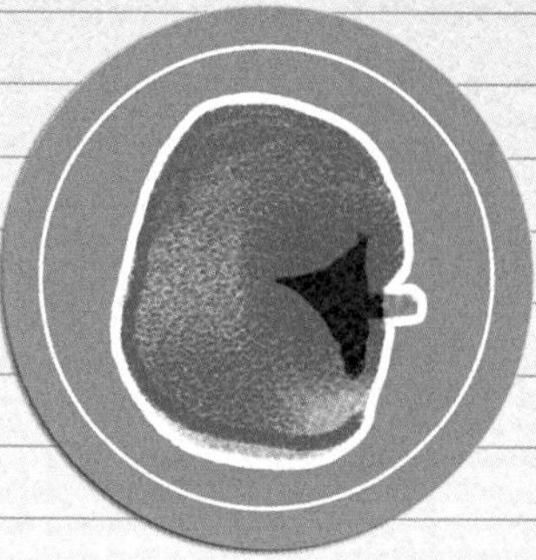

牽紅線的石榴

我和Robert喜歡一起在廚房分工……在安靜的廚房裡，兩人專注手邊的工作，只有紅色的汁液飛濺。

爸媽喜歡園藝，尤其是媽媽，除了漂亮美觀的花卉外，她特別喜歡種一些可食用的植物，其中讓我留下深刻印象的便是石榴。

那是一株不起眼、養在盆子裡的小樹叢。細細刺刺的枝枒，小小卵型的綠葉，不容易引起小孩注意。

石榴偶爾會開花，花是偏紅的橘色，或是你也可以說是帶點橘的大紅色。花朵不大，盛開起來比拇指和食指圈起來還小一些。石榴的花通常是六片花瓣，我看網路上的資料有五到七片。花瓣帶著皺褶，仔細看其實挺有層次，很美。不過對當時年幼的我來說，大大紫紫的牽牛花比較能引起注意。

有一天，媽媽神神祕祕的帶我們上屋頂花園。

「你們看！」媽媽指著這一株我從沒想仔細去認識的小灌木叢。

順著她的手指，我看到這幾天一直陸續開放的小紅花，其中一朵的背後有一顆隆起物。

「這是什麼?」我好奇的問。

「這叫石榴，想不到種了這麼多年，它結果了。」媽媽開心的說。

「結果?它可以吃?」我驚訝的問。

「可以啊!」媽媽兩眼冒出期待的眼神。

從此，我每天都要去看上幾回。看它從一個小指尖大，慢慢膨脹像龍眼大，最後圓滾滾，像乒乓球那麼大;果實也從原來的橘色帶淺紅，變得越來越深，整個紅紅的，豔豔的，飽滿的樣子，告訴你它已經成熟了。

爸爸、媽媽、我、妹妹，還有弟弟五個人，小心的看著果實被摘下來，帶著一家人的期望，媽媽打開果實。

這果實有個外層，結實有硬度，又帶著厚度，要用力才能剖開。

樹枝上掛著大紅石榴

三個小孩瞪大眼睛看著，裡面的樣子超乎我們對水果的期待。石榴裡有一顆顆小小的，晶瑩剔透像寶石一樣的東西，密密麻麻，緊緊的靠在一起。我們不知道那是不是稱之為果肉，但也看不到其他像果肉的東西，出於生物本能的直覺，這就是可以吃的部分。

媽媽小心剝下一顆顆的果實，我們拿在手裡捏一捏。它們帶有硬度，不像荔枝有彈性，不像香蕉黏糊，不像西瓜會出水。但是稍微用力一擠，紅紅的汁液四散。

「喂！不要玩了！浪費食物，趕快吃下去！」媽媽微吼。在我們互相噴灑對方，色染衣服之前，逼我們放入嘴巴。

石榴的汁液在口腔內迸開，酸酸的，微微帶點甜，還有澀，然後……好硬。

那一層薄薄的膜破裂，果汁噴出後，剩下一顆顆硬硬的子。

「子怎麼辦？」我們口含著子，不知所措。

「那就吐出來吧！」爸爸說。

一顆乒乓球大的石榴五個人分完，桌上只剩紅黃裂開的果皮，白白小小的種子，還有一家人的意猶未盡。

之後，這株小樹叢變成我去屋頂花園巡視的重點之一，尤其是花季的時候。

「媽！你看，這朵花後面好像比其他朵肥胖些，會不會結果啊？」

「看起來不像耶，再等等看。」媽媽沉吟。

每天我就在每朵花之間找蛛絲馬跡，期待可以再長出一顆石榴。

可惜那一顆是空前，也是絕後。

有一次，我在LINE上跟弟弟妹妹聊天，想問問他們還記不記得我們小時候，媽媽有種一棵石榴樹的事？本以為比我年紀小的弟弟妹妹沒有印象，沒想他們都說：「有啊，記得啊！」

「那你們當時覺得石榴好吃嗎？」我問。心裡感到一陣記憶交流的溫暖襲來。

「子很多，酸酸甜甜，味道鮮美，但是吃久了嘴巴很累。」

「而且很不好剝！」

「我記得很小一顆。」

「子大肉少。沒有吃到果肉的感覺，外面只有一層膜，只有把膜咬破，吸到酸酸的汁。」

「而且不知道為什麼，當時完全不覺得那是一種水果。」

雖然只是手機上的訊息，但是看著看著，彷彿回到小時候的餐桌上，我們一家五口看著那顆石榴，七嘴八舌討論心得的場景。

之後，再看到石榴，是非常多年後的加州。

那是秋末冬初的時候，加州的冬天還是可以穿著薄長袖，但是市場上的水果卻可以明顯的看到氣候的變化。各式各樣的蘋果出現是第一個指標，再來，一顆顆紅彤彤的石榴出現了。

第一次看到石榴，真是說不出的驚訝，沒想到會在異國再次邂逅，而這裡一顆石榴是當年那顆的十倍大！

我馬上買了回家剝給孩子們吃。這些石榴外型大，裡面一顆顆紅色的果肉部分也比較大，子變比較小。她們吃得挺開心的，我把盤子留給她們，過一會兒，估計吃完了，過去收盤子，發現盤子是空的。

「咦，怎麼是空的？」我問。

「吃完啦！」

「那子呢？」

「吞下去啊！不然呢？你還把它們吐出來？」她們用奇怪的眼光

看著我。

原來子可以吞下去啊！這樣更方便了！我怎麼沒想到這個方式？一般華人吃東西比較精緻，以前在臺灣，蘋果一定要削皮，要切片，要把核切掉，媽媽一定要做完這些步驟爸爸才肯吃。葡萄也是，皮一定要一顆顆仔細的剝掉，裡面的子要挑出來，才能放進嘴裡。美國人就隨便多了，蘋果連皮吃，石榴連子吞。有一次，我切蓮霧給女兒吃，她還抱怨我把前面挖一個大洞，讓她少吃好幾口。其實說起來，這樣粗食是對的，皮和子都有很多的營養跟纖維，儘量吃下去比較健康。之後我也養成習慣，會把石榴的子一起吃下肚，現在的子比以前的小很多，非常容易入口，而且咀嚼間多了一份口感。

之後每年這個季節，我一定會上超市，買一顆大大的紅石榴來一飽口福，一直到我認識 Robert。

離婚之後，我開始去學一些之前不被前夫所允許的活動，其中之一就是跳舞。我學了騷莎舞、搖擺舞，還有阿根廷探戈。我就是在一個探戈舞會上遇到Robert的。當時他已經有二十年的跳舞經驗，而我只是個新手，我很感激他這樣的資深好手願意邀我跳舞，但是我們沒有跳舞以外的交情。

認識將近一年之後，一次他在臉書上發表一則貼文，寫到他正在後院的石榴樹下一邊聽古典音樂，一邊批改學生的作業；樹上來了仿聲鳥，鳥的叫聲跟音樂相應和，他感到無限的喜悅與平和。

美國人家裡有種果樹不是什麼稀奇的事，不過當時覺得Robert有顆藝術家敏感細膩的心，貼文中有大紅果子的視覺美感，有帕格尼的提琴聲悠揚，有飛翔鳥兒的自由自在，還有他對教學的款款熱忱，讓我也忍不住對他的貼文發出短短的回應。就這樣我們開始交談。我記得，我還厚臉皮的跟他要了幾顆石榴，想再度嚐嚐自家種的石榴的滋味。

果然，幾個星期之後，在另一次的跳舞場合中，他拿了三顆又大又紅的石榴給我，他不是隨口說說而已的那種人，這讓人很感動。

之後我們正式交往，然後結婚。在《追日逐光》這本書中，我提到我們如何在旅遊途中訂了終身，Robert也在書末寫到這段石榴故事當後記。每年秋冬之際，石榴豐收之時，我們便會再度一起回味當年認識的經過。

今年春天，Robert在院子整理，除去蔓生雜亂，移走攀爬在石榴樹上的葡萄藤，還在石榴樹旁建了堆肥區。石榴樹枝得到呼吸的空間，樹根得到回收廚餘的養分，今年的石榴結得比往年都大顆，而且每一顆的甜度都高，完全沒有澀味。我們前後數了數，應該有超過一百顆，而且大部分都有成年女子兩個拳頭合起來那麼大。

一般家庭一個季節買個十顆就吃得很過癮了，我們兩個人有超過一百顆，真的是非常非常的奢侈。往年如果果子比較酸澀，直接吃比較難入口，Robert會打成汁，跟其他的蔬果混合著喝；今年也會打汁，但是就可以直接喝了。一杯不加水的石榴汁顏色接近紅葡萄酒，沒有酒精讓你醉，但是會濃烈純粹得讓你嗆。

大部分的石榴就是剝來直接吃，過程比較費工，因為要保持一顆顆完整的果肉。它們長得晶瑩透明像寶石，但是微微施力便皮開肉綻，豔紅的汁液覆蓋滿手，滲進皮膚。就算洗了手，隔天還是會留下黑黑的印記，提醒你曾經跟它肌膚相親。

我和Robert喜歡一起在廚房分工，他在流理檯邊打開一顆顆石榴檢視，挖去爛掉發霉的部分，然後我接手，小心的把小小寶石剝出來。

上：成熟的石榴裂出大口，展現裡面的誘人果肉

下：手撥下來晶瑩剔透的果實

在安靜的廚房裡，兩人專注手邊的工作，只有紅色的汁液飛濺。等裝了滿滿一大盆後，兩人拿著湯匙，就著盆子，一口口挖出來吃。有時候，中午吃很飽，晚上不想吃太多食物，我們就會吃石榴代替晚餐。

想到當年一家五口分食一顆小石榴，現在兩個人每年有上百顆可以吃，還可以分送朋友家人，數量差很多，但是溫暖的幸福感是一樣的，那都是家的滋味啊！

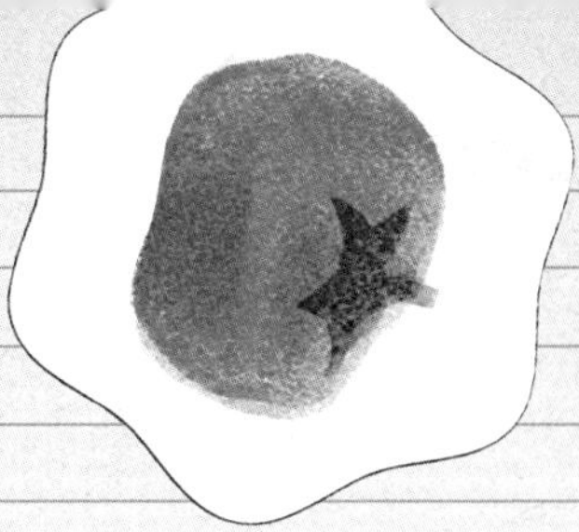

多年修煉的火龍果

這株火龍果沒有地植，沒人給它澆水施肥，它靠莖長出氣根，攀爬在牆上，吸收空氣的水分……二十年後還長出一顆火龍果！

第一次吃到火龍果，是在我出國很多很多年後，回到臺灣探親時，媽媽切給我吃的。

「來吃吃看，這是新的水果，很健康很營養喔。」媽媽興奮的切了一盤水果出來，外皮厚厚的，帶著豔麗的桃紅色，裡面是白色的，布滿黑色一粒粒的子。

「這子可以吃嗎？會酸嗎？」我好奇的問。

「可以吃！像芝麻那樣，咬一咬吞下去！」媽媽再補充，「不會酸，很清甜。」

我吃了一塊，的確不酸，果肉帶點泥土味，其實並不驚豔。不過對這個造型特殊，顏色漂亮的水果印象深刻。

又過了好幾個水果季節後，我才在美國的華人超市看到火龍果。我興奮的買給小孩們吃，懷念著媽媽給我嘗鮮的心情。她們跟我的反應差不多，願意嘗試新的食物，但是沒有特別愛上火龍果。

跟Robert在一起的第一年，有一天晚上，他興奮的拉我去後院，「你看！」他指著院子角落一朵大大的花。

「仙人掌開花！好美啊！」Robert說。

我驚訝的看著這朵白色巨大的花，這是曇花啊！

爸媽喜愛園藝，臺灣家裡的陽臺種了一株曇花，還記得每次有花苞時，我都會跟著爸媽期待花開。

「今天晚上就會開了！」爸爸興奮的說。

「我也要看！」我吵著說。

「好啊，那你要撐著不能睡，等它開花喔。」媽媽笑笑著說。

「好！我不會睡著。」我立下壯志。可是最後都贏不了瞌睡蟲，沒等花開就睡了。

當我睡意正濃的時候，感覺被人搖醒，「曇花開嘍，趕快起來看！」爸爸來推我。

「我要睡覺！」

可是爸媽總是不理會我的抗議，一定把我挖起來。

「漂不漂亮？」他們興奮的說，還一直拍照，我總是嘟囔一聲，就又回去睡覺。

所以後來我對曇花的印象就是想睡覺被人吵醒，但是那種心情不帶埋怨，反而是一種跟家人、花朵的親近。

另外還有第二天的曇花湯。秉持著能吃就不能浪費的精神，媽媽會把謝掉的曇花摘下來，煮成黏黏稠稠好喝的曇花湯，後來出國就再也沒喝到了。

「我知道這個花！我小時候家裡有種，不過我不知道英文，我上網找給你看！」我的記憶從曇花湯回到現在，信心滿滿的說。

可是在我找到花的同時，我發現不對，這花乍看的確跟曇花很像，但是它不像曇花有長長的花梗，整株植物也不像。曇花有扁扁的葉，Robert後院這朵花是開在厚實的三個稜角狀的莖上。

「你買的這是什麼植物啊？」我好奇的問。

「我不曉得耶。你應該有看過外面賣的觀賞仙人掌，小小一盆，上面有顆紅色圓球狀的仙人掌，下面嫁接在一個有三角邊的綠色仙人掌。這株植物後來上面紅色的部分枯萎自行掉落，我就把剩下綠色不知名的部分，連著盆子放在這個牆中央一個鐵架上。我從來沒澆水，它生命力很強，自己長莖長根，長成這麼大一株，攀附在這個木牆上二十年，想不到今天開花了！」Robert說。

我看著這株超過人高的植物，每一條莖帶著尖刺，像章魚四散的觸手攀著木製的圍籬。仔細一瞧，固定這些粗大的莖旁邊長出一條條的氣根，緊抓著每個木片的隙縫，同時這些堅韌的氣根吸收空氣中的水氣，滋養著整株植物。

幾天後，Robert又興奮拉著我去後院。「你看你看！它結果了！」果實如乒乓球大小，綠綠一團，左看右看，怎麼好像是火龍果？「不可能啦，」我反駁他的想法，「人家怎麼可能用火龍果當成觀賞用的仙人掌來賣？」

可是隨著果實長大變成紅色，我不得不承認，越來越像火龍果。我再度上網找資料，比對照片，後來果實也成熟了，我們摘下來，切開看，裡面白白的，布滿小小黑色的種子。切一小口放在嘴裡，沒錯，就是火龍果，千真萬確！

這實在太神奇了！這株火龍果沒有地植，沒人給它澆水施肥，靠莖長出氣根，攀爬在牆上，吸收空氣的水分。雖然生長速度緩慢，整株卻也有兩公尺高跟寬，二十年後還結出一顆果實！

我建議把它地植，讓它接受正常的澆水、灌溉、施肥，以後說不定可以有更多果實。Robert則是認為它二十年來長得好好的，幹麼要動它？就讓它去吧！因為這樣，這株火龍果沒有被移植，還是在原處堅強的挺立。可是就不再開花，也沒有果實，任它在牆邊，在巨大茂盛的無花果樹後自己發展。

又過了兩年，今年夏天，我無意中走近牆邊，抬頭一看，哇！居然又結了一顆火龍果！我再四處張望，還有五朵花含苞待放中。

我趕忙喚Robert來看，他眼睛都直了，不敢相信。他仔細觀察，原來有幾根長長的氣根往下爬，鑽進土裡，所以整個植物有了水分和肥料，加上二十年的修煉，整個茁壯起來，開花結果了！

碩大美麗的火龍果花在夜間綻放

這下我們不敢怠慢，上網找了好多關於種植火龍果的資料，包括如何授粉，何時可以採收果實等等。我架好手機，幫它們拍縮時攝影，記錄美麗花開的樣子。

火龍果的花真的好大好美，算是我們家前後院子中最大的一種花卉。它白色細長的花瓣輕薄晶瑩，不管是晚上照相時打在上面的人工光線，還是白天明晃晃的陽光，層層疊疊的花瓣迎上光芒，每一片花瓣彷彿被接上仙氣，暈暈濛濛，看得人都要醉了。

這次的果實比兩年前的乒乓球大許多，有幾顆甚至和超市賣的差不多大，果實吃起來比清甜還要甜上幾度，完全沒有土味，真的好好吃啊！紅紅的果皮我捨不得丟掉，用湯匙刮下，放進烤箱烘乾，研磨成粉狀，拿來做糕點的天然染色粉。至於謝掉的花經過處理晒乾，則可以用來泡茶。當初一段不到五公分的觀賞用仙人掌，現在居然有六顆果實，以及這麼多延伸的食用價值。

在這段時間，我們看市面上有賣黃色的火龍果。我跟Robert對於沒見過的水果都有興趣嘗試，結果黃色外皮的品種，裡面也是白色的果肉，不一樣的是，這果肉的甜度非常高，完全顛覆之前的「清甜」，而對甜度高的水果，我們兩人又是完全沒有抵抗力。

「我們來種黃色的火龍果好不好？」我央求著。

「好啊，可是我不知道去哪裡買。」Robert回答。

我看著切開的果實，裡面密密麻麻的黑色種子，「用種子種！」

「哎喲，用種子種的話，長出來的不會是原來一樣的基因，結出來的果實差異會很大，不會是這顆的樣子。」Robert務實的說。他一向不喜歡用種子種植，除了買苗成長比較快外，種子種的植物的確會有上述的基因科學問題。

不過我決定不聽話，「我知道不會一樣，不過，就當作觀賞好玩吧，我想種種看。我一直很好奇仙人掌的苗長什麼樣子。反正又不花錢。而且我自己弄，絕對不會麻煩到你。」

我找了一個有蓋的塑膠盒子，裡面鋪上溼的餐巾紙，把黃色火龍果的種子洗一下，然後直接放在紙巾上，蓋上蓋子，每天用水沖一下，讓它不會發霉。

三天後，這些黑色小小水滴型的種子，外面長出一圈像是果凍的透明東西，包圍著種子，摸起來QQ的，看起來有點像山粉圓。十天之後，開始陸續長出小小的根。

「現在怎麼辦？是不是要把它們種在土裡了？」我問。

「差不多，我去找土壤跟容器。」他興沖沖的去院子找東西。

本來講好不會麻煩Robert的，可是他也很好奇，每次都會跟著我陷入其中。我常常興致來了開啟一個計畫，但當遇到要解決的問題時，Robert就會跳出來幫我，不會置身事外。

他小心翼翼的把小小的種子放入土中，又過了幾天，嫩綠的幼芽冒出來，就像一般的種子那樣，長出兩片子葉。我們兩個天天關注著這些小苗，白天會拿到院子讓它們晒晒太陽，但直接曝晒太強烈了，Robert把它們放在柿子樹下，讓茂密的柿葉過濾一些熱度。晚上再把容器拿進屋子，怕蛞蝓之類的害蟲啃食掉嫩葉。

我們一天會去看好幾回，真的很好奇它們會如何長出仙人掌那種沒有細莖，又沒有葉片的植物？

又過了一陣子，兩片子葉中間冒出細細的針。先是一根，不到一公釐長，然後是一小撮，慢慢的，一顆小小綠色的東西長出來，上面頂著這些細針，仙人掌的樣子開始出現了！

想不到我們真的種出仙人掌了！我們養出火龍果苗了！

這天傍晚，Robert去院子拿果苗，只見他臉色沉重的走進來。

「火龍果苗都死了！」

「什麼？」我一下子沒會意過來。

「有鳥來啄，全部都死了！」Robert沉痛的說。

我衝到院子看，每一小株植物都攔腰折斷，這些鳥似乎也不是要吃它們，就像是玩弄那樣，一一把它們啄斷，小小的幼苗失去根的支護，歪倒四散在土上。

這陣子，我們天天照養著它們，雖然是植物，但我們的關心程度就像對貓狗寵物那樣，絕對沒有比較少。看著一整盤的火龍果苗就這樣毀去，心痛無比。

我們再度去市場買新的黃色火龍果，再度用種子發芽，等到要移植到土裡時，Robert更認真的思考如何解決問題。這次，他釘了個有網的蓋子，可以蓋住土，讓空氣陽光可以照到幼芽，但鳥兒無法再靠近。這些芽跟之前那批一樣，慢慢長出子葉，長出針刺。

第一批的容器我們放在門口，這些攔腰折斷的苗並沒有馬上乾枯，畢竟是仙人掌，即使是小小的幼苗，即使是殘破的子葉，也有保持水分的強大組織。有一天，Robert忍不住了，他拿起其中一個比較完整的苗，「我們試試看，看能不能把它救回來。」

我弄溼一張餐巾紙，把斷苗立在上面。一週過後，居然冒出白白的點，再過一段時間，白點變成白根，它活過來了！

此時，第二批的火龍果苗已經有一公分高了，這個敗部復活的苗落在後面，但是它也發展出自己的生命力。當第二批的苗茁壯成兩公分高，明顯的三角稜莖上布滿了刺，曾被截斷的小苗雖沒有往上長，但它的頭上像是迪士尼米奇的兩個耳朵那樣，長出兩個明顯的莖，上面也都有刺。火龍果幼苗的生命力真是驚人！

後來冬天到了，天氣轉涼，室內的溫度比較高，我們將這些苗養在陽光可以照進來的窗邊。每天看著這些小苗迎光生長，雖然知道它們不見得可以長出原來種類的果實，甚至可能要等上好多年，不過Robert計劃將其中一些嫁接到後面白色火龍果的成年莖幹上，這樣或許能比較快開花結果。

這些火龍果，不管是後院牆邊那二十年沒人照管、死命活下來並開花結果的那株，還是被鳥攔腰啄斷、沒莖沒根只剩子葉的幼苗，它們旺盛的求生能力、不放棄的精神，讓我們一再推翻認知中植物的生存法則。看著它們簡單的活著，卻又不平凡的存在著，生命的力量似乎正在每一株幼苗間發著光呢！

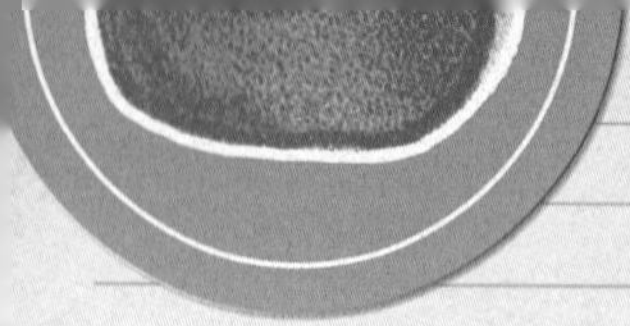

魂牽夢縈的臺式麵包

奶粉和奶油讓麵包的香氣出衆，加入糖讓口感甜蜜，一個個小餐包用手撕下來時，眞的會牽絲。我居然可以做出臺式麵包！

小時候，有一陣子，我們家的早餐一律是白土司。而且我記得很清楚，公寓的轉角再轉角有一家麵包店，店名是什麼已經忘了，裡面賣土司、菠蘿麵包、奶酥麵包、花生奶油麵包等等。我們一家五口，三個小孩年紀小，吃得不多，每次媽媽都會買半條土司，每個人兩片，差不多分完。我曾經吵著要甜甜的菠蘿麵包，或是上面有花生粒、內餡夾奶油的麵包，或是一大坨紅豔豔、甜滋滋的草莓醬夾心麵包，這些都會被媽媽一一反駁，因為太甜、太油、色素太多。

白土司是唯一選擇。健康，但是無味，小孩子很容易膩。當年日復一日的味道是長大後不想再有的選擇，連帶被拖下水的就是三明治之類的食物——反正用白土司加工而成的東西我都沒有興趣。

雖然白土司沒能給我口味美好的連結，但是卻常常在看到這三個字時想到我的外公。外公住臺南，我們住臺北，一年難得見上一面。

通常不是過年就是暑假才見得著。每每回臺南，跟外公外婆請安後，又急著和表兄弟們跑去玩，但印象中外公是爽朗負責的大男人，永遠帶著笑臉，坐在客廳裡看著孫子輩追鬧。

有一年，外公到臺北來探望我們。難得有機會和外公相處，小孩們非常開心，纏著外公講話，吵著要跟外公一起散步。

「這樣好了，你們和外公去買明天早餐的麵包。」媽媽下了指示。

我們三個小孩在爭著誰可以牽外公的手的吵鬧推擠中，來到西點麵包店。

「你們想吃什麼麵包就拿，我買給你們吃。」外公豪爽的說。

「媽媽說只能買土司。」我小聲的說。

「土司？這邊這麼多口味的麵包，你們要吃土司？」外公不可置信的確認。

我們不敢違背媽媽的指令，只能違背良心的點頭。

「好吧，老闆，給我六條土司。」外公大聲的說。

弟弟和妹妹年紀小，不懂事態嚴重，還在一旁聞著麵包香。我大驚失色，連忙揮手制止，「媽媽都買半條土司啦！」

「什麼半條？我們一共六個人，一人一條啊！」外公用一種不食人間煙火的氣魄豪邁的說。

「不行不行……」心急之下，我都快哭了。半條土司都吃得要吐了，六條！這不是噎死人嗎？

跟外公討價還價之下，他終於同意只買兩條。還一路碎碎唸著一條土司六個人怎麼夠吃啊！

回到家，果然媽媽瞪大眼睛，「怎麼一下子買兩條啊！我們半條都吃不完！」

這回，該媽媽碎碎唸了。

我不記得後來怎麼吃完那兩條土司，其實也不用記得，一定就是之後幾天不斷的吃。但是，在窮苦環境下成長的外公，堅持要買足六條土司，確定大家都能飽足，這是我對白土司記憶中，唯一留下的美好懷念。

我不喜歡白土司，可是我喜歡菠蘿麵包、起酥麵包、花生奶油麵包、奶酥麵包、炸彈麵包，更小的時候還喜歡草莓醬夾心的那種。不過長大後口味改變，除了新鮮水果的原貌，我不再愛任何加工成品，總覺得化學合成味道太重，讓我聯想到咳嗽糖漿。

這些西點麵包伴著我長大，可能是一頓快速的早餐、下午的一份點心，或是晚上的甜美宵夜。它們容易購買，價格低廉，口味眾多，是很多臺灣人長大過程的飽食記憶。

有趣的是，當年要在「西點」麵包店買的麵包，來到美國這個西方國家後，卻變成「臺式」麵包。麵粉成團去蒸，是饅頭，是包子，這是中式；麵粉成團去烤，是麵包，是蛋糕，那是西式。只是西式麵包過了鹹水，隨著民族的口味不同，加了奶粉增加香氣，加了糖增添甜度，口感變鬆變軟，成為現在看到的特殊的臺式麵包。

對於美國華人來說，臺式麵包是大家魂牽夢縈的回憶。這些麵包出沒在街頭轉角、市場小攤，每每經過都會聞到撲鼻的奶香、麵粉香。如今這股香氣隨著飛機，藏在行李，跟著遊子的靈魂來到異國。

因此美國華人多的地方，也會有糕餅麵包店。糕餅師傅們把臺灣麵包的精髓帶到美國，讓我們也可以買到鬆軟香甜的臺式麵包。

新冠疫情期間，我們一方面減少外出購物，一方面看著網路上媽媽朋友們展現烘焙技術，饅頭、包子、麵包、蔥油餅、貝果一一出

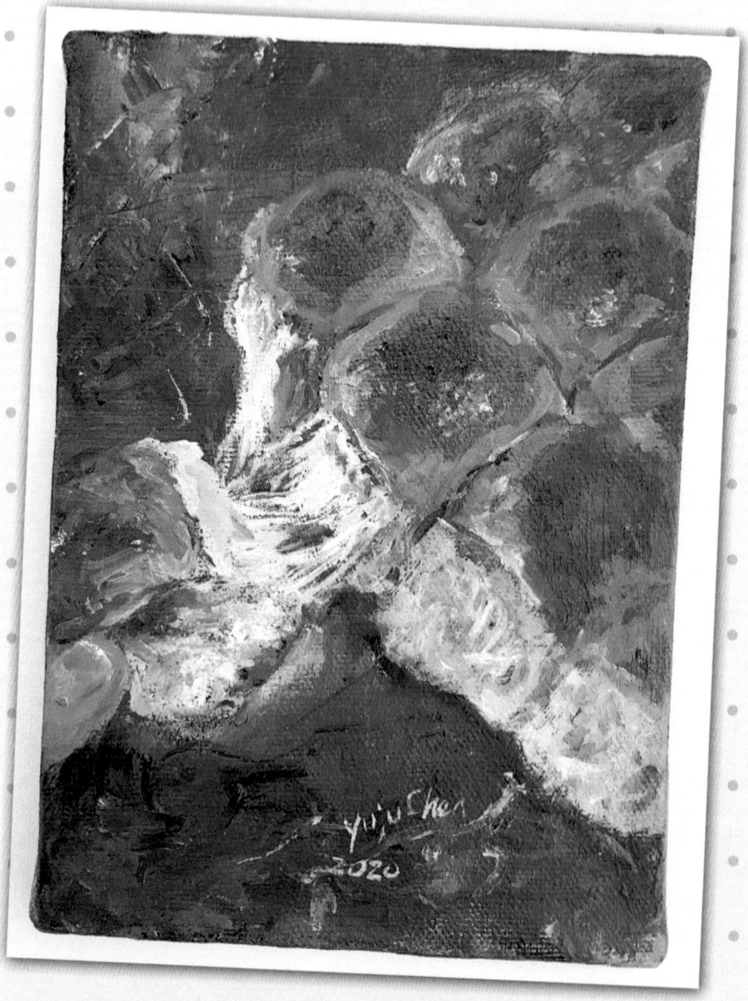

油畫：手撕小餐包

現；當時美國疫情變嚴重，民眾在各超市賣場瘋狂掃貨，除了衛生紙、餐巾紙、乾洗手、酒精短缺外，麵粉酵母也成了難以購買的原料。大家人心惶惶，紛紛在網路上詢問哪裡可以買到麵粉。

一天，我們去好市多補貨，我看到一袋二十五磅的麵粉才六塊美金，外面很多網站價格上漲，動作慢還買不到呢！我一個衝動，叫Robert趕快去拿。

「這很大一袋耶！上次那袋五磅的麵粉我們用三年用不完耶！你確定會用？」Robert表情遲疑。他說的沒錯，我從沒有在他面前做過麵包、饅頭等麵粉製品的東西。

「沒問題啦，我會用！」我心虛卻又信誓旦旦的說。

為了證明我不是一時衝動（明明就是），我開始研究麵包的作法。

臺式麵包講究鬆軟，甜度要高，組織要可以牽絲，尤其是土司。

別看它方方正正，外表簡單，口感平淡，要做出完美的土司可是許多烘焙大師公認的高難度目標。坊間烘焙店也競相推出各式改良口味的土司，幸好我對土司還是沒有感覺，自動省略繁複的學習過程。

我第一個嘗試的是小餐包。我在網路上找到一段影片，標題有「適合新手」四個字，馬上就覺得親切。這除了是我第一次做臺式麵包外，也是我第一次使用廚師機（Kitchenaid Mixer）。這臺機器是我的媽媽朋友們家中必備的廚房家電，普及率等同臺灣人家中的大同電鍋。我大概是朋友圈內唯一一個從沒使用過，也從沒擁有過的人。如上面所說，我不做麵包，雖然廚師機也可以做其他食品，但是一臺機器要價美金兩、三百元，我真的買不下手。

我的公公在搬到養老公寓前，整理變賣許多用不到的東西，我看到這臺老舊的廚師機，問Robert可以留下來嗎？Robert說好啊，他在天上的媽媽會很開心。

這臺有五十年歷史的廚師機有個小故事。公公年輕時是個木匠，靠著微薄的工資跟勞動的雙手要養活一家五口，非常辛苦。家裡的三餐不虞匱乏，但是從來就沒有多餘的錢可以買額外的用品。

有一天，婆婆不經意的說道：「啊，如果能有一臺廚師機，讓我可以做蛋糕、做煎餅、做派，那該有多好！」當然，他們沒有這樣的預算。婆婆也只能說說而已。

不久之後，公公接到一份鋪地毯的工作，這個工程完成並領到工資時，剛好經過賣家電用品的展場。他想也不想，便走進去買了一臺廚師機給太太，當時花了九十美金。

Robert說，他小時候很多食物的記憶都和這臺廚師機有關，媽媽用它做南瓜派、做覆盆子果醬、做蛋糕等等。他媽媽非常珍愛這臺機器，只是她過世後，這臺機器就閒置在家，公公並不常用。如果我真的可以拿去用，她會很欣慰的。

就這樣，我終於有廚師機了！而且這臺比外面買的更具意義。這臺機器蓄滿公公對婆婆的愛，婆婆對家人小孩的愛，現在傳到我手中，繼續把食物做出來，把愛傳下去。

我把做餐包的麵粉、水、奶粉、蛋、奶油、糖等材料放進去，讓廚師機的攪拌棒開始揉攪。剛開始我有點擔心，五十多年的機器，比我還老，能勝任嗎？

令人開心的是，這臺機器雖然年代久遠，可是仍非常健壯，轟隆轟隆堅定的運轉。我好奇的看一下底座，Made in USA，哇！這年頭要找到美國製的產品非常非常不容易，外地製作進口的占百分之九十以上，廚師機也不例外。這臺美國製的廚師機更有特殊性了！

就這樣，憑藉著廚師機的幫助，我跟著影片一步步做，想不到真的成功了！

奶粉和奶油讓麵包的香氣出眾，加入糖讓口感甜蜜，一個個小餐包用手撕下來時，真的會牽絲。我居然可以做出臺式麵包，太有成就感了！

第一次嘗試就成功，讓我更有信心，開始用同樣的麵包體做出其他口味的臺式麵包。我最愛的菠蘿奶酥麵包一定要試一試。

在臺灣，菠蘿奶酥算是大眾口味，到處都有賣，也很便宜。但是自己做才了解工序有多複雜。做一盤六個菠蘿奶酥麵包，會花超過半天的時間。另一個體悟是，麵包體已經用了不少奶油跟糖，菠蘿外皮跟奶酥內餡加入的糖跟奶油更是多得嚇人，家裡的糖跟奶油存量馬上不夠，但是做出來的成品，真是美得不像話。上面畫好格子的菠蘿皮酥脆香甜，裡面的奶酥油滋滋，甜蜜蜜，每一口都是幸福，好吃得讓人甘願發胖。

自己做的臺式麵包比外面的好吃，除了因為辛苦過程獲得的成就感，連帶增加了美味度外，還有一個特點：不黏牙。

每次我回臺灣，肯定會去「西點麵包」店買臺式麵包。但是有一半吃的是懷念，而不是出自喜愛。因為這些麵包的確鬆軟，幾乎入口即化，但是入口後化成的卻是黏牙的麵糊。可是自己做的就不會，還是一樣鬆軟，一樣會牽絲，不過軟熱的麵團在嘴裡是清爽的，口齒留香。

做了好幾次臺式麵包後有點膩了，加上這算是甜食，不宜多吃。我跟Robert在胖了幾磅之後，覺得要有些節制。看到其他烘焙者做軟歐包，食譜中的確糖跟奶油有減量，試做了幾次，也是非常喜歡，後來有朋友跟我介紹免揉的歐式麵包，我一看成分就躍躍欲試。

基本的麵團就是麵粉、水、酵母、一點鹽，這四種材料。沒有糖，沒有油，沒有奶粉，更沒有蛋！這個配方要用到百分之七十五以上的水，麵團不用揉，用時間產生筋性，發酵整形，然後放入已經高溫預熱的鑄鐵鍋中烤，出來的成品外面酥脆，裡面Q彈，有嚼勁卻不會乾硬。

我做過兩款，一款是加入橄欖跟迷迭香，一款是加入核桃跟乾果，同時我也會摻入全麥麵粉讓它更營養。Robert非常喜歡這兩款麵包，對西方人來說，這才是主食，臺式麵包則是甜美的點心。有一次，有對俄國夫婦來家裡作客，他們把我做的兩顆大麵包都啃光，讚不絕口，臨走前還跟我要食譜，成為我後來經常做的不敗麵包。

那袋被Robert認為這一輩子也用不完的麵粉，不到半年都用光了。做成的麵包有的送人，有的自己吃。尤其是露營時，早上起來熱

上：連我自己都不相信，可以做出跟外面一樣的菠蘿麵包

下：外面酥脆，裡面Q彈的歐式麵包

幾片橄欖迷迭香麵包當早餐，下午健行完吃兩個小餐包當甜點，露營的幸福感馬上升級。做麵包本身也很療癒，看著乾乾的麵粉加水發酵後，長大成白白胖胖的麵團，每次都讓我露出微笑；而用手去搓揉時，那種ＱＱ軟軟像麻糬的手感，也讓我的心情跟著放鬆；等到麵包出爐時，滿室生香，生活壓力也跟著釋放。不管是臺式的還是歐式的麵包，它們不只是一種食物，更是每一刻生活記憶的連結。

美國的龍蝦比較大隻？

我趕快用力拉緊套索，可惜動作太慢，力氣也不夠，這隻強而有力的公龍蝦扭腰一擺，居然掙脫套索的束縛，往右又彈了五、六呎。

小時候吃龍蝦都是在喜慶婚宴上，當時吃到的作法都是炸過，然後加入大量的鹽、油、蔥、薑、蒜、醬油，佐料味道濃厚。

一般人不會買龍蝦在家裡煮，那年代的傳統市場也沒見過，就算有應該也不普遍（不知道現在又是如何？）所以沒有自己煮食龍蝦的記憶。沒想到，在美國，我不僅自己煮龍蝦，還自己捕捉龍蝦，這是以前無法想像的經驗。

第一次捕龍蝦其實是在佛羅里達州。當時，我和Robert為了考潛水執照，千里迢迢從加州開車橫跨東西岸，從太平洋到大西洋，中間經過墨西哥灣，一路旅遊過去。

Robert從十四歲開始潛水，我們認識之後，他也希望我可以拿到執照，跟他一起下海。夫妻有相同的興趣，一起活動增進感情。

可是我從小就怕水，如果去問我爸媽，他們鐵定會毫不猶豫的加油添醋，說起我當年去海邊玩有多膽小，因為不敢下水嚇得大哭的往事。如果待得夠久的話，恐怕連當年穿著泳衣扁嘴，皺眉歪臉的照片他們都會拿給你看。所以我長這麼大，卻還不會游泳，在泳池中，只要我腳底碰不到的地方我就不會過去。

這一生中，也從來沒有人鼓勵我去學游泳，所以我雖然是島國長大的子民，但不僅不會游泳，還怕水。

Robert不打算讓我輕易蒙混過去。他幫我報名社區游泳課，幫我找到佛羅里達州價錢合理的私人潛水教練，讓我不會在一群二十幾歲小朋友面前自卑的放棄學習。就這樣，我們上路去學潛水。

學習潛水的過程我可以寫另一本旅遊書了，這裡先省略三萬字，直接跳到捕龍蝦。在我潛水考證照的時間中，Robert發現那時正巧是佛羅里達的龍蝦季節，一堆潛客租船出海捕龍蝦。

所謂龍蝦季，並不是這幾個月才有龍蝦。海裡一年到頭都有龍蝦，但是為了不讓人類濫捕造成滅絕，所以政府有計劃的嚴格規定捕龍蝦的規則。首先，釣客要花錢購買龍蝦證照，每一州的收費方式不同。然後為了讓龍蝦有足夠的時間繁殖長大，所以一年中只有幾個月會開放讓人入海去捕捉。舉凡捕捉的龍蝦大小、一個人抓幾隻、用什麼樣的工具，這些都有非常高規格的規定。

規定的開放時間，哪一天幾點幾分開始，就算提早去個五分鐘也不行。規定幾吋長的龍蝦才能抓，不小心抓到小隻的就要放生，不然上萬塊臺幣的罰款讓你此生不敢看龍蝦。而這些規定還會因州而異。像是在佛州，頭長三吋大的龍蝦就可以帶回家；在加州，要超過三點二五吋的才可以。

我考過潛照的第二天，剛好是當地龍蝦季的最後一天，Robert不肯失去抓龍蝦的機會，報名了團體出海船潛，我只能硬著頭皮，第一次在沒有教練的陪同下，跟著下海抓龍蝦。

佛羅里達州規定抓龍蝦可以用一種類似長竿的工具，長竿的頂端有個套索，人拿著長竿的另一端，小心的靠近龍蝦，把套索輕巧的從尾巴套進龍蝦的身體，然後用力拉緊套繩，把牠套牢。

下海沒多久，Robert看到第一隻龍蝦，我們興奮的圍上去，我知道自己是潛水新手，可能因為動作笨拙而嚇走龍蝦，所以不敢太靠近。Robert悄悄跟在龍蝦後面，正要伸出套索竿，但此時龍蝦一個轉身，我眼尖看到這隻龍蝦抱蛋，趕忙上前阻止。這隻龍蝦是母的，按照規定不能留下來。抓龍蝦很花工夫，如果抓上岸才發現是母的、要放回大海，那多冤啊！

母的不能抓，太小的也不能抓，加上海流和龍蝦並不是靜止不動，整個世界都在晃動的情況下，要成功抓到一隻龍蝦並不容易，而且當龍蝦意識到危險靠近時，牠們的彈跳能力非常強，方向也無法掌握。所以當Robert費了一番工夫，又是追逐，又是下竿，終於抓到第一隻時，我們都好高興又好安心，收穫總算不是抱鴨蛋，回船上不會太難看。

在他抓了三隻龍蝦後，我也躍躍欲試，於是跟他打個手勢，要他把竿子遞給我。我拿著竿子，興奮的左看右看，瞄到一隻大小適中，而且速度不快的目標，應該適合下手。

我踢動蛙鞋，悄悄靠近，沒想到竿子才一靠近，咻地一聲（沒有這回事，潛水時其實只聽得到自己的呼吸聲），那隻龍蝦大跳轉，不過牠只往右移動了兩呎。於是我再度下竿，從後面用套索穿過牠的身體，我趕快用力拉緊套索，可惜動作太慢，力氣也不夠，這隻強而有力的公龍蝦扭腰一擺，居然掙脫套索的束縛，往右又彈了五、六呎。

這下陷入人生的兩難，不甘心這麼放棄，可是又沒把握可以成功，如果讓牠跑掉實在可惜。考慮了兩秒鐘，我決定讓Robert接手，他是個天生的獵人，擁有超過四十年在海中用魚槍捕魚的經驗，而我那天只不過第一次下海呢！

我轉身看到Robert遞給他竿子，他馬上知道用意，意氣風發的追著龍蝦去了。

這隻龍蝦是有練過功夫的，跳著兩、三下，又往右移動數呎，同時，那個方向又有幾隻龍蝦蹦了出來，Robert當然呼吸提氣往前追。

我正要擺動雙腳，跟著去看熱鬧，可是馬上發現情況不對。此時洋流往左，我們潛水的方向跟著洋流移動，但Robert往右逆勢而去，我跟在後面，雙腳努力擺動抵抗洋流，卻只能勉強游出一小段，怎麼也跟不上。眼看Robert全神捕捉龍蝦，沒有注意到我的困境，水中又無法呼叫，不能引起他的注意，心裡開始著急。

他離我越來越遠，晃動的海中我看不清他的動作，我確定自己沒辦法靠近，只希望他快快完成手邊的活動，過來跟我會合。

此時，我看一下我的氣壓計，鋼瓶中還有氧氣，但是已經是要準備上升的量了。這下我更焦急，我才考完證照，知道如果跟夥伴走失的話應該如何應對，我再度面臨人生的兩難，我是要在原處等Robert回來，還是先自行浮上水面？

隨著每一個呼吸，氧氣數值不停往下降，我的緊張度上升，而且人一慌，呼吸急促，氧氣消耗更快！

終於，他出現了！我大大鬆一口氣。我手點了點氣壓計，食指往水面指了指，他點點頭，我們開始上升。

做了三分鐘的安全停留（每次我都覺得那是世界上最長的三分鐘），我們浮出水面。

「嚇死我了！」我一出水就抱怨，「我的空氣快用完了！洋流太強，我沒辦法過去找你，你又拖那麼久才回來，我差點自己先上升了。」

「對不起、對不起，我太專注了。」他先再三道歉，然後語氣轉興奮，「我抓到你那隻，另外又抓到一隻。」

太棒了！看到他抓到兩隻龍蝦的份上，就不跟他計較了。不過活罪難逃，我現在寫下來公諸於世，而且還要出版成書，哼哼！

這次的潛水，我們（對，我把自己算在內）共捕獲五隻龍蝦。回到船上，大家拿出成果，互相看來看去。那是一個挺有趣的展示場面。狩獵捕食是人類的本能之一，經過農業社會的洗禮，現在我們的

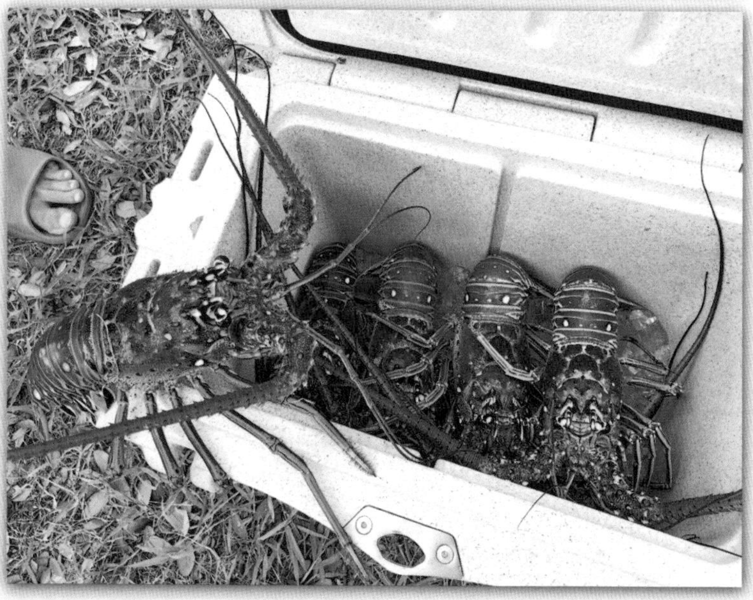

上：在佛羅里達州船潛抓龍蝦

下：五隻剛捕捉上岸新鮮的龍蝦！

獵食行為變成去超市買食材，或是去餐廳打牙祭，但是這種能親手捕獲食材的方式還是令人感到刺激興奮。大家彷彿回到那個用戰利品論英雄的時空，熱切交換捕抓龍蝦的驚險過程，互相比較誰的龍蝦大又多。每個人也很守法的把龍蝦量尺拿出來，一隻隻丈量確定符合法規的尺寸。有人發現自己抓到的龍蝦太小隻，或是抓到母龍蝦，也毫不猶豫的丟回大海。當懲罰夠重，環保的觀念夠深，大家就不會只顧眼前短暫的利益。

我們住的廉價旅館，房間裡當然沒有廚房設備，但我們出門旅行都會帶著野營用的爐子，於是就找個停車場偏遠的角落直接煮食，還好這種旅館不是高級飯店，沒人介意這件事。我們簡單用爐子燒好水，直接水煮龍蝦，剝殼沾奶油吃。

人家出門旅行，是住五星級豪華飯店，吃米其林餐廳的龍蝦；我們住汽車旅館，吃自己冒著生命危險（這明顯是作家自己誇飾的文字）下海捕捉，在停車場角落煮食的龍蝦。

網上常看到網友們爭論，到底海鮮用中式料理方式好吃還是西式的好吃。我喜歡很多中式或臺式食物，但是就海鮮來說，我個人偏向西式。簡單的蒸煮汆燙，沒有太多的調味料，吃的是最直接原始的鮮美甜味，就是我對海鮮最高的敬意。

之後回到加州，Robert念念不忘自己抓的新鮮龍蝦的美味。加州的龍蝦季是秋天，我們早早買好龍蝦證照，準備大顯身手。

如同先前說的，各州針對捕捉龍蝦都有不同規定，加州就比佛州限制更多。首先，佛州只要有釣魚證照就可以抓龍蝦。但在加州必須要先買一般的釣照，然後再另外買海上的釣照，才能從事海上釣魚。不僅這樣，如果想要抓龍蝦，還要另外加購龍蝦證照。加州的龍蝦季比較短，被允許捕捉的尺寸也比較大。

加州一個人一次最多只能抓七隻龍蝦，而且不是一天七隻喔，如果你今天抓了七隻，回家放冰箱吃了兩隻，那第二天只能抓兩隻，也就是同時只能擁有七隻。另外，加州政府規定釣客不能販賣自己的漁獲，要有商業證照的人才能販賣，捕捉的龍蝦只能自己食用。

捕捉的方式也跟之前在佛州時完全不同。加州規定兩種方式，一是潛入水中，用徒手去抓，不可倚靠任何工具；二是用龍蝦陷阱籠子，裡面放入魚頭等誘餌，讓牠們自己爬入籠子。

Robert買了三個陷阱籠，我們準備划著他的kayak（獨木舟）出海捕龍蝦。

我們划著槳，盪著kayak，在天黑之後出發。龍蝦是夜行性動物，如果要讓牠們自動走入陷阱籠子，那就要等牠們晚上出來覓食的時候才能逮到。有時候真覺得我們很好笑，人家吃龍蝦是穿得美美的，優雅的坐在高級餐廳等侍者送上桌；我們則是穿著防寒衣和救生衣，掛著手電筒，坐在小小的kayak上，身邊堆滿捕龍蝦的器具，在黑夜中跟海浪搏鬥，還不保證有龍蝦呢！

Robert考慮陷阱籠垂放進海中大約要等半小時，才會拉上來檢查有沒有誘捕到，他怕我等待的時間會無聊，所以準備了釣魚的裝備，讓我有事可做。

雖然時序入秋，但我們穿著潛水用的防寒衣，所以並不會冷。Robert把三個陷阱籠放入海中，我也拿起釣竿，開始釣魚。

他選的這個地點有許多鯖魚活動，一般美國人不吃這種魚，所以量很多，非常好釣，很有成就感。

就在我釣到四、五隻鯖魚後，又有一隻魚兒上鉤，我拉起釣竿，

Robert接過魚兒看了看說，這是石斑，不過太小了，我們要放回海裡。我沒有異議，手拿穩釣竿，讓他去找工具把魚鉤小心的夾出來。

正當我耐心等候他放走小魚，準備繼續釣下一條魚時，沒想到下一秒鐘，我已經不在船上。

我完全沒有感到有大浪來，沒感到船身晃動傾斜，在沒有做好任何心理準備，也來不及尖叫恐懼下，一個意識轉換，人已經在水裡了。

我身上穿著防寒衣跟救生衣，所以人很快便浮出水面，但是恐懼和驚嚇也隨之襲來，加州海岸四季冰冷，浪潮也馬上包覆。

「你還好嗎？」Robert問。

「好冷。」我顫抖的說。

「我們趕快把kayak翻過來，趕快離開水就不冷了！」Robert理性的說。

我懂此時怎麼抱怨都沒有趕快上船實際，可是……可是……我才剛落水耶，馬上就有苦力落在我頭上了，唉！

「快，你在水裡越久就越冷。」Robert催促著。

我好不容易回過神，找回自己摔進水裡的意識，跟著他用力嘗試把船翻上去。還好船不難翻，Robert畢竟有經驗，大部分都是靠他的力氣，一下子就把小艇翻正。

「你先上去。」他說看著我，「等等，你居然還握著釣竿？」

「喔，蛤？真的耶！」我看看手裡，居然整個人被丟進海裡，握著釣竿的手還沒鬆開，太佩服我自己，太神奇了！

「釣竿給我，你先上去。」Robert接過釣竿，教我上船的技巧，怎麼施力才能拉身體上去，船才不會再度翻覆等等。

只是我過度驚嚇，手腳無力，怎麼也沒辦法拉自己上去。

Robert沒辦法，只好先上船，然後在船上拉我一把。只是這樣很冒險，他拉我的力量，我支撐的力量，我拉身體的力量，還有海浪推擠著船身的力量，這些都必須達到平衡才不會又讓船翻覆。

終於我爬上了船，驚魂未定。

「拿著。」Robert把釣竿遞還給我，我手裡握著釣竿，感到一個熟悉的震動。

「那隻魚還在耶！」我驚訝的說。

「這也太有趣了。」Robert也非常驚訝，「我來幫牠。」

我再度收線，釣起的小魚掙扎甩動，不知道我們為了救牠落海。

終於，Robert小心的找到工具，讓小魚安全的回到海中，他看看我，「會冷嗎？我們要不要回岸上？」

說來奇怪，我全身都溼了，居然不覺得冷。

「還好耶，我不會冷，應該不用回去。」我想了想。

「真的？不要勉強，我們隨時可以再回來的。」Robert安慰我。

「真的不冷，這樣好了，我冷的時候一定會說，到時候就回去。」我確定的說。

事後Robert說，他實在對我另眼相看，他原本以為這趟龍蝦行夭折了，雖然沒有遺憾，我的安全舒適最重要，他也已經準備離開了，沒想到平常怕冷、怕水、怕死的我，居然掉進海水後，釣竿跟魚都沒弄丟，而且還肯繼續留下來。

他清點一下，還好他的準備工夫一向周到，船上的東西都有固定好，一樣也沒少。我們繼續待了幾個小時，他的龍蝦陷阱成功的抓到不少東西。龍蝦當然不用說，那晚大約有六、七隻，我們一隻隻測量，太小的一律丟回海中，我們沒有看到抱卵的母龍蝦，加州也沒有規定母龍蝦不能抓，我們推測是加州的龍蝦季避開了牠們的繁殖期。除了龍蝦，籠子裡也會抓到螃蟹，偶爾有一、兩條魚，而我則是翻船後還繼續釣到鯖魚，當晚共釣到十一隻鯖魚，是最豐收的一次。

我們每次抓到龍蝦，我都會把照片給我爸媽看。有一次，媽媽說：「怎麼你們抓到的龍蝦都那麼大啊？」

她的問題讓我一愣，感覺哪裡怪怪的，「不是我們抓到的龍蝦『都』那麼大，而是抓到小龍蝦的話，一定要放回海裡的，我們不能留下來喔！」

我想到去年我們去蘭嶼，遇到一個會自由潛水捕魚的當地居民，Robert找到同好，興奮的拿出他捕魚捕蝦的照片給他看，他悠悠的說：「這附近沒有這麼大的魚了。」

「為什麼？」我問。

「因為牠們來不及長大就會被抓了。」他語重心長的說。

我不知道怎麼回答。趕盡殺絕，沒有限制的作法，真讓人不安啊！常常有人問我，真的會有人來查你有沒有證照，來量你的漁獲大小，去你家看你吃掉幾隻龍蝦嗎？我實在不知道怎麼解釋，按照規則做事，不是怕人來查，不是怕被罰款，就是簡單的遵守規定，一起守護環境。這就像我們開車在外，也不會時時有警察來查你有沒有駕照；遇到紅燈停下來，也不是因為路口都有交警，我們就是做應該做的事情而已。

在口腹之欲跟生態保育之間，應該有個平衡點，不是眼前的我們有就好，更希望以後的世世代代也能享受到各種美味的食物。

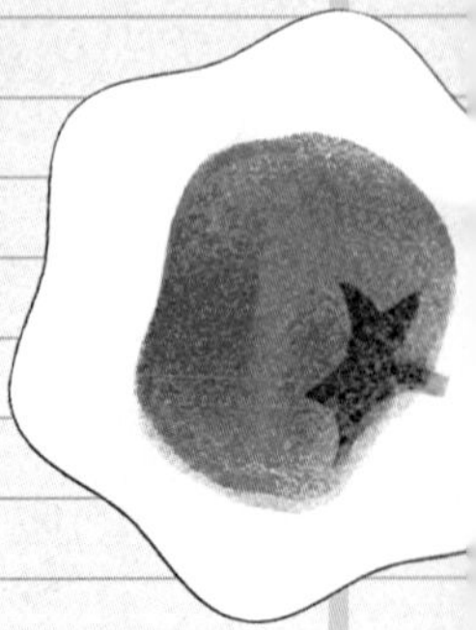

捕魚去

「我不喜歡釣魚，不喜歡等著魚自己上鉤，我比較喜歡拿魚槍下海打魚，選我想要的魚！」Robert說。他是一個主動出擊的人。

爸爸媽媽很重視飲食健康，除了不吃辣，少油少鹽多蔬菜外，一日三餐中一定會有魚。為了健康，魚也都是用蒸的。我一直愛吃魚，愛吃海鮮，就是來自家庭的飲食習慣。

不過在家裡習以為常的事，出了家門才發現，不是每個人都像我們家這樣天天吃魚。

記得上學時，媽媽會把便當的菜色做得營養均衡，裡面也一定有魚。每次吃中飯時，打開便當蓋，一股魚味隨著其他肉、飯、菜等味道一起衝出來，不免會引起同學的圍觀。

「那是什麼腥味啊？好臭！」

「好像是魚的味道。」

「誰的便當啊？臭死了。」

「陳郁如啦，她每天便當都會有魚。」

「陳郁如，你是貓嗎？怎麼天天吃魚？」

「哈哈哈，陳郁如上輩子一定是貓！」

這類訕笑、貶抑、嘲弄的話，常常在中午我打開便當時上演。

有幾次我鼓起勇氣，跟媽媽說，可不可以不要天天便當帶魚，媽媽問：「為什麼？你不是很喜歡吃魚嗎？」

「我喜歡啊，可是同學都會笑我。」我小聲的說。

「笑就讓他們笑啊，」爸爸不以為然的說，「不要理他們就好。」

唉，當時我的內在如此強大就好，可以不去在意同儕間的言語。

「你可以跟他們說，吃魚才會聰明！」媽媽補充。只要講到魚，媽媽一定會有這個結論。尤其當她端上桌的魚沒有人動，或是被夾的頻率沒有達到她的高標，這句話就一定被祭出來當聖旨。

雖然我偶爾也想吃油膩的蛋炒飯、炸排骨，加工肉品製成的香腸、貢丸、肉鬆，不過本質上，我是很喜歡吃魚的。臺灣是海島國家，市場上的漁獲種類很多，吃起來很過癮，相形之下，美國超市以牛肉為主，海鮮的選擇少很多。

爸媽每次來美國探望我們，對於美國超市那些魚都非常的不屑。「這樣沒頭、沒鰓、沒皮、沒鱗，怎麼看得出新不新鮮？」媽媽撇撇嘴。

華人超市可以找到比較多「有頭有臉」的魚，但是媽媽對這些魚的新鮮度還是不滿意。眼睛就是沒有臺灣市場上的魚亮，鰓就是沒有臺灣市場上的魚鮮紅。埋怨歸埋怨，他們還是會維持每餐煮魚的習慣，我也只有他們來美國那幾個星期，可以奢侈的享受餐桌上有魚的日子，享受母親照顧到我健康的愛心。

因為前夫不喜歡魚的味道，所以我很少煮，或是要做好心理準備聽他的不滿抱怨。

我也很想做到爸爸說的：「不要理他們就好。」不過我就是不夠自信強大。

我也相信媽媽說的：「多吃魚才會讓你變聰明。」

在認識Robert不久，我就問他：「你喜歡吃魚嗎？」

他得意大笑，「我吃啊，而且我十四歲就開始射魚（spearfishing）。我吃我自己打的魚！我不喜歡釣魚，不喜歡等著魚自己上鉤，我比較喜歡拿魚槍下海打魚，選我想要的魚！」Robert說。他是一個主動出擊的人。

我聽得一愣一愣的。

在我拿到潛水執照後，他看我比較不怕水，決定帶我下海，看他打魚。

拿到進階潛水執照不代表我變得不怕水，即使穿著有浮力的溼式防寒衣還是很沒安全感。所以，雖然聽起來好笑，但我還是堅持外面加一件充氣式救生衣。

要下海打魚前，要密切注意浪向，這有專門的App可以查詢，還能顯示當日和未來數日加州沿海的洋流和浪的高度。如果風浪大，會攪動海底的沉積物，造成海水混濁，能見度不高，打魚的成效也就不好，所以一定要找風平浪靜的日子。這點我太同意了，對我的恐懼挑戰也比較低。

我穿著層層的浮力衣，Robert則相反，他的防寒衣外面要綁上鉛塊，鉛塊的數字跟重量都要經過嚴密計算，這樣才能幫助他潛入水中抓魚。我怕浮不起來，他怕沉不下去。

我們用浮潛的方式游入海中。在加州，只要自己有適當的裝備，注意安全，人人都可以自由的下海浮潛，不需要透過浮潛業者拖著一條繩子像綁粽子那樣下海。

我們以和海岸垂直的方向游向大海，沿路我可以看到大大小小不同的魚，最多的是一種全身鮮豔橘色的魚，是名叫Garibaldi的加州魚，依照規定不能捕捉。另外加州的太平洋流來自北極和阿拉斯加，所以水溫跟亞熱帶的臺灣，或是墨西哥灣比起來長年低溫，即使是盛夏，海水永遠是冰涼的。因此這裡沒有珊瑚礁，沒有色彩繽紛美麗的熱帶魚，但是這裡有鯊魚，有巨大像森林般的海草。

Robert領著我游到適合的點後，就開始下海打魚。他用自由潛水的方式，也就是沒有浮力輔助設備（BCD），沒有鋼瓶，自己憋氣利用鉛塊的重量下潛，悄悄的靠近魚群，選中目標用魚槍打魚。我則是浮在水面上隨意游動，欣賞水中的魚群，看著陽光在茂密如林的長長海草上落下層層光影。

「怎麼樣？有沒有看到合適的魚？」我問浮上來換氣的Robert。

海裡會有魚，我在上面浮潛也可以看到不少魚，但是就像龍蝦那樣，不管是釣魚還是捕魚，美國政府有很多規定，比如：哪一種魚可以捕？像上面提到的Garibaldi就完全不能碰；多大的魚可以捕？每一種魚都有規定可以捕捉的大小；一天可以捕捉哪種魚幾隻？這些都有嚴格的限制，不是我們身強力壯，工具先進就可以濫捕的。

「有看到幾隻石斑，不過太小了，還有幾條sheephead游過去，然後……」

「等等，你看到sheephead？你沒有試著去抓牠？」我驚訝的問。

「沒有啊，我好久以前有抓過，印象中肉軟軟的，我比較喜歡結實一點的肉質，所以後來都沒有管牠們了。」

油畫：加州紅衣

哎呀呀！我在華人超市看過sheephead，不常出現，而且不便宜。我沒吃過，但是臺灣朋友跟我說，華人很愛這種魚，因為肉質鮮嫩（居然被Robert說成軟塌）。這個比一般牛排還要貴的魚，在華人超市也不是天天可以見到，中文標示是「紅衣」。後來我上網查，這跟臺灣的紅衣是不一樣的品種，甚至佛羅里達州也有sheephead，但跟加州的也不一樣。我目前找不到合適的中文稱呼，暫時就稱它「加州紅衣」好了。

「我一直想試試這種魚，你去抓啦，你不喜歡吃，我吃！」我催促著他，同時也忽然發現，我不再糾結別人的喜好，不再把他人的價值觀硬套在自己頭上。

「這種魚很少見嗎？有特別限制嗎？」我擔心的問。我可不想違反規定。

「這種魚加州海域很常見，一天可以抓五隻，有大小的限制，要大於十二英吋才可以捕捉，所以通常會抓公的。」Robert說。

這種魚很特別，當一群小魚從魚卵孵出來時，全部都是母的。隨著小魚慢慢長大，各自成群，當牠們大到可以交配繁殖時，母的加州紅衣中個頭最大的那隻會變性成公的，而且當牠們從母魚變性成公魚時，會從鐵灰色變成頭尾黑色、身體紅色的漂亮模樣。另個有趣的現象是，如果在當地已經有體型大的公魚存在，牠們的天性就會抑止母魚轉性，直到那條公魚死了，下一個體型大的母魚才會變成公魚。因為這樣的特性，所以要達到可以捕捉的規定，通常會是公的。

果然沒多久，他就抓到一隻加州紅衣。當天我們就烹煮來吃。

「你是對的，好吃耶！」Robert滿意的說。

「不會肉質太軟嗎？」我問。

Robert穿著自由潛水跟打魚的裝備・手上是剛捕獲的加州紅衣

「不會，不知道以前我為什麼會有這樣的印象。」Robert回答。因為我們都喜歡，所以從此以後，加州紅衣成了他最常有的收穫，大概一個月會有一、兩隻。

他最得意的一次是抓到yellowtail（臺灣稱為青魽），這也是日本料理生魚片上好的魚之一，有名的烤魚下巴也是這種魚。

這種魚大家都想要，所以限制嚴格，一個人一次的擁有量是十隻，如果你抓到少於五隻，大小並沒有規定，但是如果大於五隻，那頭到尾部叉開的地方要大於二十四英吋長才能捕捉。Robert說這種魚喜歡在開放水域活動，我們常去的點很少看到，因此那次打到這條yellowtail令他非常興奮。

這條魚非常大，我們切成很多塊，頭尾煮湯，其他部位不是煎來吃，就是處理成生魚片，真的是肉質非常棒的魚。

我跟著Robert去幾次浮潛就不想去了，一來景色都差不多，二來，我只是在水面上漂浮，不像他上下游動，身體不動很快就會覺得冷，失溫是很危險的。

「不然我們試試看划kayak，你可以在船上釣魚，然後我自由潛水。」Robert提議。

我們下海的地方不是港口，跟之前從港口出海捕龍蝦的地方不同，我們要從沙灘上出海。獨木舟有許多類型，各有特色跟功能，我們的叫做sit on top。簡單來說，它並不是設計從沙灘進入海洋的款式，因為即使是浪比較小的日子，沙灘上永遠都有不停止的浪，這款獨木舟的設計不是用來破浪而行。

我們推著kayak，可是浪不斷的打來，kayak體積龐大，上面又載滿釣具，逆著浪前進非常困難。

「再加把勁，過了浪區，進到海裡就好了！」Robert大喊。我咬著牙，跟著用力，只是忽然一個大浪打來，我重心不穩，整個摔進水裡。

「趕快遠離kayak！」Robert再度喊著。可是來不及了，另一個大浪來襲，推著kayak，大大的船身撞向我，我再度摔進水裡。

我的肩膀好痛，全身已經溼透，不是說我在船上就不會冷嗎？我們還沒真的出海呢！

「你還好嗎？你不能站在船旁邊啦！」

喂！你剛才不是叫我用力推嗎？不站在船旁邊是要用念力推嗎？

沒時間翻白眼了，我們得快，得趁著下個大浪來前把船推出浪區。

終於，我們順利出海了。還好加州天氣乾燥，我坐在船上，身體很快就乾了。Robert自由潛水捕魚時，我就自己控制船身，剛開始有點害怕，不過因為風浪不大，所以也不難。我試著釣魚，不過這裡挺無趣的，中間釣到一隻漂亮的加州州魚，但我得放牠走，最後只釣到一隻鯖魚。Robert打到一條sand bass（沙鱸）跟一條opaleye（黑鮀）。

「這夠我們吃幾天了，可以回去了！」Robert說。

我們一起划著kayak，開心的往沙灘上前進，現在順著浪前進，肯定容易多了。

「你就坐在船上，我下水推船上岸。」Robert說著，跳下到水深到小腿的淺海中，用走的推著船。

我坐在船上，像公主一樣一邊欣賞風景，一邊被緩緩推著前進。他扶著船身，越來越靠近沙灘，終於要上岸了。

這時，一個大浪從後面撞擊而來，過長的船身不能承受，一個翻身，我又被摔進水裡了。

這次翻船水不深，但是也因此我整個人被船覆蓋住，被船身壓在水中。Robert站在船尾，來不及過來幫忙，我得自己逃生，只好閉住氣，從船旁邊鑽出水面。

此時，大浪再來，把我跟船一起沖上岸。

「快！快離開船啊！」Robert大喊。

我當然知道，但是我發現，我的腳還在翻覆的船下方，被卡在眾多的繩索中。

我一邊試著把腳拉出來，抬頭一看，另一個大浪，翻翻滾滾，朝著我跟船毫不猶豫的奔來。

眼前的景象好像好萊塢災難片的場景，主角一個難題還沒解決，另一個難題又撲面而來。如果可以記錄下我當時的表情，應該就跟鏡頭前慌張失措的主角們一樣吧。我的腳被卡住，轟轟的大浪中，我也聽不到Robert喊叫什麼，總之我又被大浪推倒。

當時我已經一半在岸上，所以沒有溺水的危險，危險的是身邊的船，它不知道會用什麼樣的力道撞擊你，被撞到頭就很嚴重了。

還好浪過去了，船被往上推到沙灘上，我趕忙手腳並用，把繩索拉鬆，把腳拉出，總算可以遠離船邊。

我花了大半篇幅描述，但其實僅發生在一瞬間。等沙灘上的遊客回過神後，我已經站起身了，一個女生過來問我需不需要幫忙，我除了有點驚嚇，並沒有受傷，我謝謝她的好意，跟著Robert一起把船跟漁獲一起拉上岸。

從此我再也不敢坐kayak從沙灘入海了！如果Robert想要自由潛水打魚，我不是在岸邊等他回來，就是在家裡，不再跟著下水了。

Robert跟著我回臺灣很多次，知道我的爸媽喜歡吃魚，他每次都會說，如果爸爸媽媽能夠來美國，一定會很開心吃到新鮮的漁獲。可惜他們年紀大了，幾年前就宣布不再坐長途飛機，太辛苦了。我也捨不得老人家們這樣辛勞，就儘可能多回去臺灣陪他們，只是每次打到新鮮的漁獲，都會想到他們熱愛吃魚的生活型態。

在美國疫情嚴重的時候，我們在家的時間多，Robert下水捕魚的頻率也多，幾乎每次出海都會有收穫，冷凍庫也會凍著幾條魚讓我們隨時可以吃。無形中，我們採買肉類的需要也減少了，加上院子裡的蔬果，我們有一半以上的食物不需要上市場購買。雖然還不到百分之百，但是對於住在有限環境的城市人來說，我們算是半自給自足了。可以吃到新鮮的食材，減少消費，而且也減少到市場購買時過多的包裝浪費，令我覺得非常感恩。

我的一簾柿餅

一顆顆的柿子像燈籠，閃耀著夕陽的光輝；像音符，長長短短，在木板譜上點出音律。

Robert前院有一顆很大的柿子樹，柿子也是我很愛吃的水果，能在自家樹上摘柿子，是一種很富有的滿足感。我想，這滿足感也是來自與母親的記憶。我從小在都市長大，可是媽媽對於可以自己栽種果樹、親自摘果子心神嚮往之，因而有著不能擁有的遺憾、有種美麗的期待。有時候，她去朋友位於鄉下的農地拔了新鮮的蔬菜，去美國阿姨家前院摘黑醋栗，那副興奮開心的樣子，是我給她「攬扣」眼霜，「教練」皮包等名牌奢侈品也無法比擬的。我喜歡自摘自種的果子，有一種替媽媽完成夢想的喜悅，有一種跟媽媽相親相連的緊密。

來Robert家的第一年，對於滿樹的柿子真是驚嘆連連，即使之後的每一年，我還是會仰望著滿樹的果實而感到震撼。

新鮮的果子兩個人吃不完，我想到臺灣晒乾的柿餅，這作法我也很喜歡。我上網找資料，研究如何把柿子晒乾，臺灣新竹一帶的農家

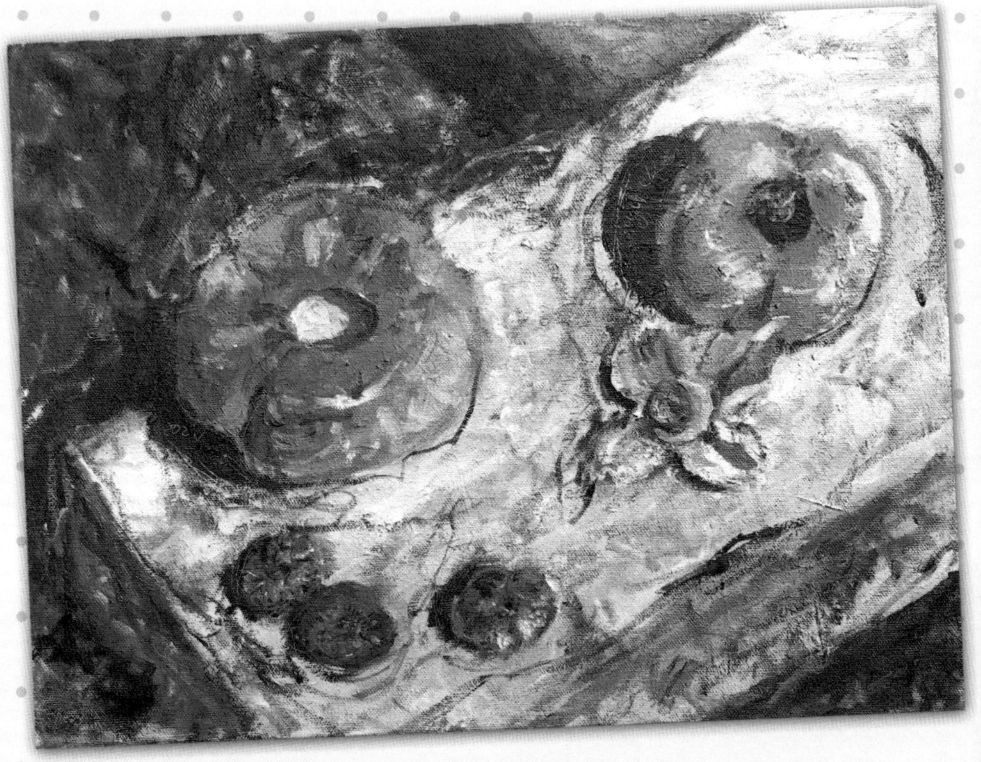

油畫：柿子

會用竹簍放在屋外晒，每年都有攝影家專程去拍攝。圓圓的竹簍，圓圓的柿子，大圈包小圈，點點橘影展現秋意，迎著東北季風，映著藍天，炫耀豐收。

我們戶外沒有這樣的環境，但我找到另一個日本媽媽拍攝的影片。她剪了一小段繩子，兩頭各綁一顆削了皮的柿子，掛在椅背上，在室內自然陰乾。看起來很簡單，而且也適合我們。

Robert幫我鋸了一塊長木板，約二十公分寬，一點五公尺長，柿子用繩子綁好，依照影片裡的方式綁在蒂梗上，然後掛上木板，一顆一顆好像小燈籠。剛削好皮的柿子顏色偏白帶黃，圓圓堅硬飽滿，非常可愛。這木板放在廚房的角落，一個平時沒有人會去的地方，臨著面西的窗，夕陽時太陽直射，加州甚少水分的空氣讓光芒無阻攪的點亮一顆一顆耀眼的柿子，也揭開秋天的序幕。

這一年，我們收成了兩百顆柿子，其中約做了一百顆柿餅，放到冰箱存放，隔年還特地帶一些回臺灣讓爸爸媽媽品嚐。他們非常喜歡。藉著女兒的手，他們也揣想到自己種植、收成、加工的樂趣。

第二年，柿子樹只結了二十多顆果實，根據Robert往年的經驗，這棵果樹一年收成好，隔年收成就不好，再隔年產量又會回來。這事不能勉強，只能這樣，每一顆果實的成熟都要細細品味。

有一天，媽媽打電話來。

「郁如啊！去年你們帶回來的柿餅好好吃啊！今年有再做的話，要記得留一些給我們喔。」媽媽在電話那頭念念不忘的語氣，讓我又開心又抱歉。

「今年只有二十幾顆，所以可能沒有多的果實可以晒乾做柿餅了。」我遺憾的說。

「啊，那沒關係，新鮮吃掉比較好。」媽媽覺得遺憾，可是還是樂觀接受。

事後想想，或許我沒法像去年做那麼多柿餅給臺灣的家人，但就算只有四、五顆，也是心意啊！我徵求Robert的意見，他馬上贊成。「你不覺得我們自己才收成二十顆，卻要送一些給爸爸媽媽，有點可惜嗎？」我問他。

他馬上正色說：「當然不會，如果現在可以為我的媽媽做些什麼，讓她開心，我一定也會馬上做。」

我聽了好感動，Robert的媽媽在我認識他之前就過世了，看他把對自己媽媽的愛轉到我媽媽的身上，真的很暖心。

在Robert家的第三年秋天，當柿子開始結果時，我們在葉子茂密的樹下東瞧西瞧。

「我看今年也不好，大概只有五十顆。」Robert不帶期望的說。

「我覺得應該有一百顆。」我也估計。

結果，去年我們總共收成了五百多顆！一條木板不夠我掛柿子，Robert大工程的另外設計兩條架在上面，形成三層掛架，原本廚房裡不起眼的角落，搖身一變，成了吊柿裝置展示區。有人說這樣浪費空間，其實一點也不，這個過去閒置堆放廢物的角落，現在被拿來善加利用，一顆顆的柿子像燈籠，閃耀著夕陽的光輝；像音符，長長短短，在木板譜上點出音律。

我的藝術學位沒能讓我有收入賺錢，但是至少我可以在生活中實踐，在這個角落創造美感，變成我在秋天跟柿子的藝術對話。我細心為它們去皮（削五百顆的柿子皮，我的手快廢了），Robert替它們的蒂頭鑽洞，上螺絲，再由我綁上棉線。最後那步驟對我來說最神

削了皮的柿子懸掛在窗前乾燥。

聖，一定由我親自動手——我兩手持著棉線兩端，兩顆柿子輕觸我的手掌，彷彿它們也感受到即將上場演出的悸動，我小心翼翼的讓棉線橫跨在木板上，將兩顆柿子懸吊在木板的兩旁。它們會在空中晃一會兒，像在跳舞那樣，有種喜悅的輕盈。

然後就等著乾燥的空氣逼出裡面的水氣，柿子顏色由淺轉深，由淺黃變深橘。

新鮮的柿子會從表面乾燥，形成一層新的皮，摸起來不再有溼氣。然後堅硬的果實開始變軟，先是從表面，三天之後裡面也軟了，這時要替它們按摩。按摩的用意是讓內部均勻，不會有的部分乾硬，有的部分溼軟。

我非常喜歡按摩這一步驟，每天都要去揉捏一下。風乾的柿子有點像小饅頭，或是麵團，手掌對著一顆果實這樣用力，放鬆，再用力，再放鬆，感覺非常療癒。上百顆的果實，我每天都要一顆一顆去按摩。我的眼睛看著柿子外在的形體變化，鼻子聞著飄來的柿香，皮膚接觸果肉的彈性柔軟，腦中想像吃在嘴裡的滋味，全身的感官在那簡單的動作中得到最大的滿足。

柿子在失去水分的過程中，從原本飽滿堅實、偏扁的球形，開始縮小體積，外皮泛起皺褶，到最後接近完成時，用手可以把它們壓扁成飛碟狀。目睹從柿子變成柿餅的整個過程，這個裝置藝術是靜態，也是動態。

我們豪邁的裝了三袋柿餅回臺灣送人，爸媽吃得笑呵呵的。我們自己那份則放在冷凍庫保存，多到今年還在吃。

時間一久，這些放進冷凍庫的柿餅上面長出糖霜，乍看像是發霉，但是它沒有毛毛的菌絲，是一層略帶凹凸不平的白色黏稠物。這一層糖霜甜度非常高，據說中藥店會拿來當藥材，有什麼藥效就不是我這江湖郎中可以隨便說的。

今年，我們預估沒有五百顆那麼多，不過數量少有數量少的好處，每一顆都好大顆，拿在手裡就滿足。期待一年一度的一簾幽夢藝術吊飾，每一顆橘色的果實都保存一個豐收的美夢。

無花果戰爭

沒有花朵的警示，果實直接在樹枝上冒出，隨著熱浪來襲，溫度加速化學反應，果實猛然成熟，變黑變軟，果皮迸裂，香味四溢。

在我來美國前，我從來沒有吃過無花果，或看過無花果。但是我對這個水果的名字一直感到特別的好奇，有種神祕的感覺。我們一般說開花結果，但沒有看到它開花，卻長出果實，跳過正常程序，好像有種特殊的力量。而且這種果實沒有自己的名字，只是用特徵來當名字，我總是覺得少點什麼，好像如果人人只叫我矮子陳，那多彆扭，它是不是也應該有個響亮的名稱呢？

「媽，如果無花果會開花，那它會叫什麼名字？」小小的我腦袋總是有許多問題。

「就是不開花才叫無花果啊，會開花就不會叫無花果。」媽媽的回答有理，可是那個邏輯不是我心裡的邏輯。

這個果實除了這個特徵，它應該還有什麼。

不過因為那個年代我在臺灣沒看過、沒吃過無花果，所以我也不知道它有什麼特色。

直到定居在美國加州，這裡的氣候是無花果的天堂，我第一次在超市看到新鮮無花果時，馬上買回去品嚐。這下不得了，這無花果的味道真美好，又甜又香，皮細順滑，果肉柔軟。無花果裡面有很多子，但不像芭樂那樣硬得讓你不知道要吞下還是要吐出來，這些密密麻麻的子細細碎碎的，咬著有聲，但不刺口。

這裡很多人家都有院子，在家裡種植果樹是很稀鬆平常的事。無花果非常容易種，常常在夏天的季節，開車經過住宅區，會有人把家裡吃不完的無花果放到前院賣，一張桌子上擺著一袋袋包好的無花果，沒有人在旁邊顧，簡單手寫的牌子標上低於市價的價錢，大家誠信交易，想買的人就放下現金，帶走水果，不會有人惡意相欺。吃到好的水果同時，也感受到好的人情，我很喜歡這種感覺，也暗暗希望自己也有棵無花果樹。

所以當我知道Robert後院就有一棵無花果樹時，我非常開心。無花果有非常非常多的種類，果實有紫黑色的、有綠色的、有黃綠的、有綠白相間的等等。Robert家裡的是紫黑色的，當我在夏天看到滿樹的果子成熟，完全不敢相信我可以擁有這一整樹的新鮮無花果！

自家種的無花果跟外面買的滋味又不同，沒有中間運送的問題，可以等到完全成熟才摘來吃。樹上成熟的無花果水分更多，咬下去滿口爆漿的香氣、甜味、汁液，真的非常滿足。

每次跟媽媽講這件事，她都很羨慕的說，她這一生還沒吃過新鮮的無花果呢！當果實成熟量產時，我好想帶一些給他們吃，讓他們也嚐嚐我體驗到的美味跟喜悅，但是我最多只能把自己做的無花果醬帶回臺灣，家裡種的新鮮無花果則永遠無法辦到。

後院新鮮的無花果

說到果醬，當臺灣人很難吃到新鮮的無花果同時，我居然奢侈到拿它來做果醬！因為一棵成熟的無花果樹，果實的產量是非常驚人的，這也是為什麼有人會把自家種的水果拿出來路邊賣。剛開始，我看到新鮮的無花果，以「讓你吃到飽」的狀態成長，真是無比驚訝。然後很快就發現吃的速度趕不上成熟的速度。

第一年，我向Robert提議做無花果醬。炎熱的夏天在爐前熬煮，加了糖的無花果泥在鍋裡翻滾，甜香四溢，看到一鍋鍋的熱果泥變成一罐罐的果醬，很有成就感，也預留了幾罐要帶回臺灣給家人品嚐。

第二年，我們常在外面旅行，院子的農作只能靠自動灑水來維護，水果的採收、固定的除草等都無法做到。幾個星期後回到家，滿樹的無花果只能在樹上過熟發酵，我們人還沒走近，就可以聞到空氣中隱隱約約、若有似無的果香，再靠近些，濃郁的果香隨著熱風吹來，居然還帶著點酒味。

但是接下來的景觀讓微醺的感覺馬上變噁心。近看每一顆無花果上密密麻麻的沾滿各種不同的昆蟲，牠們嚙咬著細嫩的果皮，吸吮著甜美的汁液，這裡是牠們的buffet，all you can eat，整樹的無花果等於報銷了。

今年因為新冠疫情哪裡都不能去時，我們花很多時間跟精神在院子裡，當其他人喊著無聊苦悶，我們把精力投入在院子裡勞動。

無花果也用一種猛烈的攻勢回報我們的勞動。沒有花朵的警示，一顆顆的果實直接在樹枝上冒出，隨著熱浪來襲，溫度加速化學反應，果實猛然成熟，變黑變軟，果皮迸裂，香味四溢。

既然我們都在家，就要隨時注意戰況，今年不能輕易被無花果打敗。首先，要在果實成熟時快速摘果，如果讓它在樹上過熟，引來蟲鳥的覬覦，那就沒完沒了。

今年我不想做果醬了，想到那一杯杯加入熬煮的糖，分量很是驚心，最主要是平日飲食沒有用果醬的習慣。不過我開始發揮創意，除了果醬，還可以做成什麼？

我喜歡鳳梨酥，每次回臺灣必吃，我也做過鳳梨酥，自己做的更是美味。因此我想來個偷天換日，用無花果做內餡一定很棒！而且重要的是，這內餡做好可以凍起來，等於延長了無花果的使用時間。

我做了一批無花果餡，但成熟的果實鋪天蓋地的出現，高峰時期，一天至少可以摘五十顆熟果。做無花果餡非常耗時耗力，而且還是一樣要用很多的糖。

櫛瓜盛產時，我做了美式的櫛瓜麵包（zucchini bread），這名稱對很多臺灣人來說一定很不解，口感不是像蛋糕嗎？為什麼叫

bread？我只能說，就像牛舌餅沒有牛舌，炸彈麵包不會危險，紅燒獅子頭跟獅子無關，很多更重要的事天天發生，不必要在這種沒有結論的事情上糾結。總之，這個櫛瓜麵包可以冷凍起來，也是延長櫛瓜的使用，我就突發奇想，可不可以用無花果取代櫛瓜？

上網搜尋後，沒看到有人這麼做。好吧！只能自己實驗了。我用之前的櫛瓜食譜，根據兩種瓜果含水量的不同，做了一些調整，勇敢的把無花果代換下去。

哇！結果驚人的好吃，櫛瓜本身沒有強烈氣味，櫛瓜麵包靠的是其他材料的香氣。無花果麵包就不同，無花果本身又香又甜，食譜上的糖量可以抓得更低，然後整條麵包做出來，甜香無比，吃起來更是美味加成。馬上又追加，做了四條無花果麵包。

即便這樣，果實成熟的速度還是比我們消耗的速度快。下一步，我只好乾燥它們了。

加州遇到熱浪來襲，連山上都會引發大火，我決定要好好利用這項能源。我把無花果切對半，當然邊切的時候邊吃新鮮的，常常還沒完工就先飽一半。切面朝上，黑皮朝下，一一排列整齊放到大烤盤中，上面蓋上紗布，防止蟲蟲小鳥的覬覦，然後放到院子裡，讓太陽好好的鞭烤它們。乾的無花果除了直接吃，也可以加入烘焙的食譜中，而且完全原味，除了陽光的氣味，沒有任何添加物。

Robert也加入攻防行列，他神神祕祕的找到一個食譜，在網路上訂購了特殊的香精，先用一杯的無花果來實驗。作法不難，一杯的無花果，加入半杯的義大利巴薩米克醋，再加入香精，熬煮到濃稠狀。

本來想說沒加糖，一定不夠甜，而且還加入醋，這是什麼怪味道啊？他做完時，我試吃一口，還不習慣，再吃一口，沒想到不得了，

把無花果切半、晒乾，就可以保存很久

我好愛啊！

很奇妙的，這道食譜沒有糖，巴薩米克醋卻可以把甜味逼出來。這種甜味跟加入糖的甜味完全不同，巴薩米克醋本身不是很酸，好的巴薩米克醋像酒，有回甘的味道。這味道跟無花果居然可以融合，實在美妙。

他加入的香料一罐要價三十美金，裡面有柑橘、香草，以及水果的精華，加入鍋中熬煮時，整個房子都是幸福的味道。

這道成品不是果醬，比較像是果泥，我加在原味優格上風味極好。沒有加糖，吃起來好安心，但是也因為沒有糖，所以不能像果醬那樣可以在室溫下保存，Robert把果醋泥放入罐子中冷藏，又是另一個讓我們在冬天也可以吃到自家無花果的方式。

在無花果熟成跟收成的時間攻防戰中，今年算是成功，但是過程中耗的時間精力也是挺累人的。我們不過一個院子的秋收，想到農家們的辛勞，那才真的是工程浩大，不禁對所有的農家們感到敬佩啊！

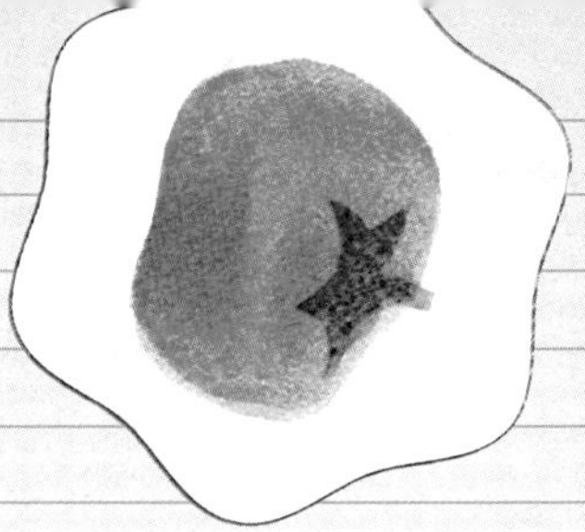

手作月餅

入口香甜，咀嚼時觸碰到餅皮，可以感受到那黏性，但是它又不膩人，不會卡在牙齒上，就在那沾與不沾的推拉間，你已經吞下肚，只剩滿意。

對於月餅的記憶，既甜蜜又痛苦。爸爸媽媽都是老師，尤其爸爸退休前是大學教授，是臺灣的前輩藝術家，逢年過節，家裡都會有人送來節日禮品，過年有年糕、發糕、烏魚子、香腸，端午節則有粽子，中秋節就是月餅了。

剛開始我們幾個小孩都很興奮，經過整整一年，有好吃的月餅出現了！但是隨著客人來來去去，漂亮盒子越疊越高，月餅堆積的速度大於我們消耗的速度。不浪費的爸媽，一定逼著我們要吃下去。

「來，今天早餐吃月餅，你要哪個口味的？」媽媽打開一盒月餅。

「鳳梨的！」我說。

「今年沒人送鳳梨的。來，這裡有五仁的，五仁的也很好吃！」媽媽哄騙誘拐。

「我們可不可以買鳳梨的？」期待的語氣。

媽媽溫柔的說，「好啊，家裡的月餅都吃完，就可以買你喜歡的口味了！」

我看著角落堆起來半個人高的月餅盒，還是不知天高地厚的滿懷希望。可是在經歷過早餐月餅是五仁的，下午點心紅豆的，飯後點心棗泥的，晚上宵夜蓮蓉的，最後什麼口味的月餅都讓我沒有胃口了。

「你之前不是說要鳳梨口味的，還要不要買？」媽媽問。

「不要了！」我驚恐的搖手。

媽媽這招高啊！

所以剛來到美國時，對於中秋節看不到滿街月餅的狀況，我並沒有很大的失落感。每次見到身邊華人們在逢年過節時，講到這些特定食物就唉聲嘆氣，悲情萬分的樣子，讓我覺得我若對月餅有任何嫌棄的言語表情，一定會被霸凌、排擠、蔑視到不得超生。

真正會在意起月餅是這一、兩年的事，我開始對中式糕點特別有興趣。有無數次我走在街上，發現整條街都在賣鳳片糕、壽桃、白糖糕、月餅、蛋黃酥、老婆餅、艾草粿等等，不禁興奮的到處張望，等我伸手要拿取時才猛然驚醒，發現是夢。那糕餅甜香的味道依稀還飄到現實世界，只是稍微深吸一口，卻又消失了。醒來時的失望，比當年沒考上臺大還心痛。

美國沒有傳統市場裡擺攤式的糕餅店，只能去華人超市或是糕餅店買，只是這些月餅像是撒了金粉一般，四塊餅要價二十美金，甚至還聽過賣到八十美金。這對當地人來說是很難想像的價格，但華人的消費能力強大得讓人咋舌。

買不起還有另一個選擇：自己做。之前就有美國的臺灣朋友自己做月餅，我也上網看過作法，真是複雜到令人眼睛打結。華人的吃食講究精緻細膩，不惜用大量的時間，繁複的手續，一道道一層層的反覆加工，達到臻美、多層次的境界。身為一名有兩個小孩的母親，在沒有幫手的情況下，我得獨自在照顧小孩、處理繁瑣家事、料理營養三餐之間努力掙扎，實在沒有多餘的精力，耗費那麼多的時間去採購食材，然後烹煮、翻炒、攪拌、過濾、噴水、整形、上色、烘烤……這些過程單看文字就疲倦。所以真的要解饞，還是得乖乖掏錢去買。

就這樣，買了幾年的月餅，卻在今年動了凡心，想嘗試自己做看看。疫情時間，有大量的時間在家裡，加上我開始把院子裡的蔬果運用在料理中。從蔥花捲開始，慢慢也嘗試做麵包、饅頭、蛋黃酥等各種點心，把不能回臺灣吃美食的遺憾轉成自己手作的挑戰。

另一個主要原因是我想給女兒一個生日驚喜。離婚之後，因為種種傷心痛苦、不容易讓外人了解的原因，這兩年沒能跟女兒住，除了支持她培養自己的興趣，負擔買衣、買鞋等日常開銷外，另一個寵溺女兒的方式是親手製作的煮食。每一次嘗試新的烹飪，舉凡臺式麵包、豆花、鳳梨酥、歐式麵包、蛋黃酥等，除了滿足自己的欲望，最渴望的，是和女兒分享後，看到她臉上驚喜滿意的笑容。

今年生日，除了她想要的禮物，我打算給她來個特別的驚喜。既然是特別，那就要做個她喜歡，而且我平常不願意去做的東西。我想到了月餅。女兒也喜歡中式糕點，她對西式蛋糕並不特別喜愛，如果我親手做出漂亮的月餅，她應該會歡喜的。

月餅有很多種，廣式月餅是我認知的樣貌。或是方正，或是圓潤，外表一定要帶著油亮褐色，還有模具壓出花紋邊線的那種。然後要吃月餅就不要假惺惺的說要吃得健康，鹹蛋黃不能少，一顆剛好，雙黃更好。夾餡要甜、要綿，看是要豆香、果香，還是棗香，每種都一樣正點。要少油少甜少膽固醇，就去拿個白饅頭啃吧。

因為沒做過，又知道月餅做工繁複，眉角很多，第一次做一定會有很多經驗不足的瑕疵，所以我的計畫是先練習一次，只做五個。

上網看了無數個影片，要做廣式月餅，發現我手邊缺少兩個材料：轉化糖漿跟鹼水。後來我發現轉化糖漿可以用蜂蜜代替，鹼水可以用小蘇打粉調製，於是就決定試試這樣的方式。

內餡部分，我手邊有現成的芝麻餡，有朋友自己做的鳳梨餡，剛好自家無花果盛產，靈機一動，把果實打成泥，加入糖和油，翻炒成無花果餡。另外，我長大後對棗泥情有獨鍾，偏偏超市賣的月餅多是蓮蓉口味，棗泥難找，好不容易買到的，味道不好又乾澀。既然決定自己做月餅了，狠下心買來大紅棗，一步步去子蒸熟，打泥翻炒成棗泥。自己做自己吃，所以沒有過濾棗皮，這絕不符合華人精緻吃食的標準，但是我跟Robert都是可以粗食的人，並不會計較這些。而且自己做出來的棗泥，不加糖，不加粉，味道濃厚實在，非常值得！

鹹蛋黃部分，過程中發生了一個驚悚的意外。我本來計劃自己醃製鹹蛋黃，華人超市有賣新鮮鴨蛋，我打算把蛋黃跟蛋白分開取出，用鹽醃製蛋黃，然後蛋白另外做糕餅，絕不浪費。但是我們去超市那天，我看到冰櫃上的擺蛋便愣住了，平常我買的袋裝鮮鴨蛋居然沒貨，只有現成熟蛋黃，還有單顆賣的鴨蛋。這單顆賣的鴨蛋比一般鴨蛋貴，權衡之下只能買一包熟蛋黃，另外奢侈的買了三顆單賣的鴨蛋。

回到家，我拿出一顆鴨蛋和碗，在碗邊上敲蛋殼，蛋殼喀出一道縫，我用大拇指掰開，這時，三公分寬的縫中出現的不是清澈的蛋白或是圓圓的蛋黃，而是紅紅的血管，我正納悶，然後看到翅膀和羽毛，原來裡面是一隻半成形的幼鴨！我買錯蛋了！我買到東南亞人習慣吃的「鴨仔蛋」。一般鴨蛋約二十八天孵化成小鴨，越南人和菲律賓人喜歡在第十九到二十一天時，把這種帶著胚胎的蛋拿來吃，連骨連身連羽毛的吃下去，據說很補。

我知道鴨仔蛋，但是在無預警之下看到還是非常驚嚇。我把沒打開的蛋丟在碗裡，尖叫讓Robert去處理。我們討論一下，兩人都無法接受這種吃法，無福消受，最後只好埋在後院，讓牠們滋養土壤，用來培養來年的蔬果。

後來跟媽媽講電話，我口沫橫飛的敘述這段經驗，她居然口氣平淡的說：「我小時候也吃過鴨仔蛋啊！」

「什麼！」這下換我驚訝。

「以前我們那個年代窮啊，你的外婆自己在院子種菜，養雞養鴨養火雞，那些蛋有的拿來吃，有的就讓母雞去孵，鴨子不孵蛋，也是都給母雞孵。那一窩蛋，不會全部孵出來，總有幾個胎死蛋中，我們當然捨不得丟掉，就打開來吃，炒麻油很香的，很補喔！」

本來想說也嚇媽媽一下，沒想到是我被二度驚嚇。

當時窮人家才會自養雞鴨，吃到鴨仔蛋，時空轉換，這些東西對現代人來說變成特殊的奢侈品了。

既然鴨仔蛋不能用來做月餅，只好用現成的那包蛋黃，還好成品不錯，也少費一道工夫。

我用上四種內餡，用蜂蜜取代糖漿，一切還順利，接著便輪到網路買的月餅模上場。看著影片裡，美女廚師們輕輕鬆鬆一壓一提，完美的月餅紋就出現了。可是等到自己下手，五個月餅中只有一個堪稱可看，其他的不是壓得不夠深，就是壓得太用力，底下的月餅外皮多出了一截舌頭。真是萬分慶幸有先試做，先試手感。脫模也是要有技巧的，不然好不容易進行到最後這步驟，卻讓月餅走樣了，多可惜。

終於，女兒的生日快到了，我計算製作月餅的日子，因為月餅烤好並不能馬上吃，要放個幾天讓它回油，這樣餅皮才軟嫩。還有上次試做的餅皮雖然可以吃，也很香，但是總感覺少了點什麼，所以這次我決定自己做轉化糖漿。

轉化糖漿不難，但也是有技巧，糖加水下去煮，滾了加檸檬汁，熬到變深棕色就成了。聽起來簡單，對嗎？我熬啊熬，這深棕色到底是多深呢？挺抽象的呢！終於達到我心目中的深，比琥珀還要暗。離鍋，放涼，先去準備餅皮。

當鍋子變涼，我才發現慘了，糖漿顏色是夠深，但是水蒸發太多，應該是糖漿的質感，變成黏稠不動、硬邦邦的麥芽糖。我左拌右攪，真是搞不動它。我思考了五分鐘，選項有：一、想辦法讓它變稀，二、放棄，整個重來。不管哪個選擇，都要耗時間，後來我不想浪費時間實驗，而且怕是不可逆的反應，狠下心整鍋放棄，重新再熬。

還好其他的餡料和蛋黃部分都很順利，重做的轉化糖漿也終於有糖漿的樣子，和入麵粉、自製小蘇打鹼水、糖，一個黃澄澄柔軟的麵團在手中形成，香香的味道，讓人可以想像月餅的甜美。

這次壓模脫模也順利多了，有了經驗，知道如何壓才不會爆漿，下手要輕，但是要夠力才能壓出清晰花紋。脫模不能輕率，要穩穩提拉，而且不能反悔，要一次到位。最後，終於可以把月餅送入烤箱，但這還不是終點喔，接下來才是月餅外表美麗的關鍵。

月餅上面必須先噴水，馬上送入烤箱，然後每烤五分鐘要拿出來，放涼，刷蛋液，再送入烤箱烤。如此重複三次，確保月餅定型，上色，卻又不至於烤過頭，內餡爆裂。

如此這般，相信各位看完都累了，更何況是我實際烘焙。那天我從早上做到晚上，中間Robert出海捕魚回來，還加碼幫忙去鱗，處理海產，真是忙碌的一整天！

等著月餅回油又是另一種煎熬。月餅剛烤出來，表皮是像餅乾那樣酥脆，要放在容器裡面密封，月餅正面朝下置於廚房紙巾上，等待幾天，讓餅皮回油，這樣才會有軟香的口感。

月餅會那麼貴，應該就是在這些繁複的手續、精緻的作工，還有時間的消耗吧！自己做這一遭，才了解中間的眉眉角角和製作的辛苦。

終於，到了女兒生日當天，除了月餅本身，我還有個特別的準備。先前我在美國的好市多買到來自臺灣的月餅，一盒三十塊美金，只有小小八個，我像個暴發戶一樣，毫不考慮的買下去。之後聽網路上的華人說好便宜，我實在很難附和。只是期望過高的結果，是吃到月餅後略感失望。所謂最新的流心口味就是滿嘴甜膩的糊醬，臺灣最高等級的甜點不是不甜嗎？餅皮不是應該要回油柔軟嗎？怎麼乾硬過甜呢？這麼貴的東西，丟掉又好可惜，真是左右為難。

不過，我一向正向，這盒月餅也是有優點的。月餅吃完後，我把外盒包裝和裡面的塑膠小盒一一洗淨留下來，用來包裝我的自製月餅，這樣一來，我的月餅的專業度馬上上升百分之五十。「很像外面賣的」，常常是朋友對自家做的食物的最高等級評語，現在有了盒子，真的有外面賣的感覺了！

生日當天，我小心的一一包裝月餅，每個口味有不同的圖案，我還畫了簡圖，寫了英文，讓女兒可以對照著看。她拿到月餅，知道裡面是我親手做的，的確驚訝萬分。

等到送給女兒後，我們才一一品嚐這次自己做的月餅。

這次的餅皮的確有柔軟的口感，入口香甜，咀嚼時觸碰到餅皮，可以感受到那黏性，但是它又不膩人，不會卡在牙齒上，就在那沾與不沾的推拉間，你已經吞下肚，只剩滿意。

四種內餡來說，鳳梨是我小時候的最愛。可能鳳梨酥這幾年大盛，百花爭鳴，市面上反而很少看到鳳梨口味的月餅了。我以懷舊的心情做出來，可是我跟Robert都覺得，鳳梨餡還是做鳳梨酥好吃。

芝麻餡是超市買現成的，最方便，可是這包芝麻餡顯得無味，可以入口，但是沒有特殊性。

無花果是取用自家院子的果實，在它們最新鮮甜美的時候摘取下來，果香意外的濃厚，香到我剛開始以為是什麼香料，但不是，就是無花果本身的氣味。這口味市面上沒有，最為特殊。

自製棗泥餡也是很有成就感。我把果皮打入，沒有外面做的細

回收月餅盒再利用，自己做的月餅也可以有專業感

綿，但是也沒有預期中的粗糙，如果不說，應該吃不出來是自製的。而且不知道是不是果皮摻入的關係，這棗泥比市面上的風味更盛，多了一分層次。而且棗泥是所有內餡中唯一不需要加糖的，這點我很滿意，以後肯定還會做，女兒吃完的心得也是棗泥最好吃！

後來才知道，當我們這些旅居美國的華人稀奇的買著昂貴月餅，甚至研究怎麼做月餅時，臺灣人已經不稀罕吃月餅了。現代人講究健康，廣式月餅沒人愛，蛋黃也不要，還要少油少糖，聽了真是傷心。我寧可吃不到，也不要吃不酥、不油、不甜、不膩、不香、不脆、沒有蛋黃的東西來過中秋節！我雖身在異邦，這點志節還是要有的。

所以當有人跟我介紹現代月餅新寵——冰皮月餅，我連想買來試試的心情都沒有。看起來就是麻糬包餡嘛！模子壓一壓就想變身升等叫月餅？門都沒有。

可是冰皮月餅有一點很吸引我，不是口味，不是健康，而是它可以變色，有的還變形，相較於一般廣式月餅深褐油亮的顏色，冰皮的顏色更有變化。對於一個藝術家來說，可以玩顏色的糕餅會是一個很大的動力。

既然要自己做，我就不想用合成的化學色素。綠色用抹茶粉，黃色用薑黃粉，藍色用蝶豆花茶水，粉紅色是取自火龍果果皮內紅色部分，把果皮絞碎、烘乾、磨成粉。就這樣，也被我玩出五顏六色來。

很多市售冰皮月餅會加奶黃餡，看到材料要一堆蛋黃我又猶豫了，冷凍庫已經有一些做鹹蛋黃剩下的蛋白，不想再累積下去。於是我想到另一個主意，家裡今年種的南瓜盛產，冷凍庫裡一些熟南瓜泥或許可以試試看。

我把南瓜泥中加入奶油和糖，放在鐵鍋中加熱翻炒到可以成形，這時餡有點溼，如果做蛋黃酥、月餅之類，需要高溫烘烤的點心有可能爆開，不過冰皮月餅就沒這個問題。

冰皮月餅的確滿足我調和顏色、捏搓造型的欲望，但是就口味來說，那種硬掉麻糬的觸感，以及少了味道濃厚的鹹蛋黃增加甜味的層次，實在很難滿足我對月餅的鄉愁記憶。

鄉愁不能用無油無糖的健康食品代替，鄉愁是深層的，是充滿濃厚味道的，是記憶中無可取代的久遠歲月，也是我老人家固執堅持的不肯妥協。

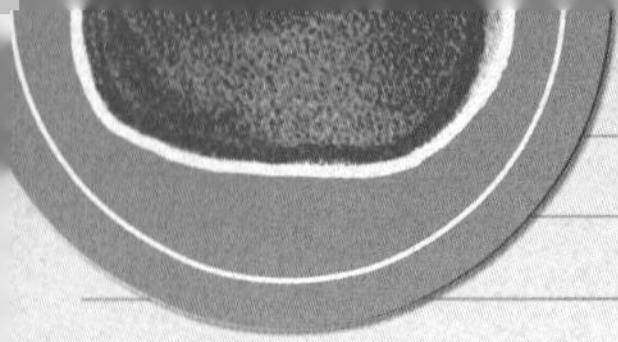

蛋黃酥與母女情

跟媽媽一起做蛋黃酥的經驗，三十多年後，讓我們母女兩人在電話的兩端說說笑笑，美食串起記憶，像叮叮咚咚的風鈴，滯留在空中，永遠不散。

小時候愛吃蛋黃酥，我曾問過媽媽，我們可不可以自己做？對於我喜歡的食物我都會這樣問，因為媽媽節省，買三餐的錢她會精打細算，從未短少，可是三餐外的零食點心她能不買就不買，因為健康，因為省錢。所以如果可以拗到媽媽願意自己做，那就是上上策，做了就不能浪費，一定要吃完，所以不僅吃得到，還可以吃得過癮。

「蛋黃酥太複雜了，難度太高，太花時間。」媽媽堅決的說。我知道這不用講下去了，媽媽不肯做的。年紀小一點的我，會吵鬧嘗試說服她，如果不小心吵過頭，媽媽就會來敲我的頭。

「我要上班，還要買菜煮三餐，洗衣洗碗打掃家裡，忙都忙死了，哪還有時間做這個？你們又不會幫忙，只會看電視，不知道賺錢辛苦，不認真讀書……」再講下去，當職業婦女又要照顧三個小孩、打理家務的新仇舊恨會一起冒出來，蛋黃酥吃不到就算了，還會被颱風尾掃到。等我年紀大一點，知道要趨吉避禍，不要沒事掀鍋蓋，不行就是不行，很難就是很難，跑去吵了不會讓事情變簡單，而且最後還一定會聽到「你不好好念書，就會一世人抾捔（khioh-kák）」這樣的結論。

其實自己當時雖然是小孩，但是也知道，媽媽老是呈現緊張的狀態，要確定一家人都健康吃得飽，要確定我們功課都在進度上，自己還要上班，要求她去做她不願意做的事，的確會不好意思。所以不能吃到媽媽做的蛋黃酥有點可惜，但是就像生命裡其他很多不能做到的事一樣，嘆個氣，嘟個嘴，轉個身又是一條好漢，也沒真的在幼小心靈留下什麼傷口。

為了不「抾捔」，我考上了北一女，學校裡安排了家政課。其實國中也有家政課，但是當時那個年代，對於「前段班」的學生來說，家政、美術、音樂其實不曾實質存在過。我們坐在教室裡準備一個又一個考試，只能從其他班級的學生聽來一些江湖傳說，像是誰做了好吃的蘋果派，誰縫了一隻可愛的小熊，誰校外寫生畫了公園的湖，誰學到怎麼用廣東話唱《天龍八部》主題曲。

我們課表上的這些術科，是各學科老師的江湖必爭之地。開學第一天，這些科任老師跟我們打聲招呼後就神隱，各學科老師就來瓜分這些「沒用」的課的時間。

記得有一次，我坐在教室裡，看著兩個重量級老師在門口爭執著，現在這個時間應該是誰拿來考試，又是誰的課比較重要。兩個人口沫橫飛，表情猙獰，每句話在空氣中破碎飄散，他們口中的重要對我來說一點也不重要，我默默希望他們一直吵下去，也不想知道誰贏。因為誰贏都一樣，我們得到的獎品都是考卷好幾張。

但是北一女的家政課是真的。高一是縫紉，高二就有烹飪，女孩們對於家政課要上烹飪感到非常雀躍跟期待。那些為了進好高中，在國中時期的犧牲和苦悶，在真正的家政課中得到不少舒緩。其中我記憶最深的就是在課堂上做蛋黃酥了，因為我愛吃蛋黃酥，學校要教你做你以前想做卻不能做的東西，那該有多期待啊！

我在上課前一週拿到下堂課的準備清單時，興奮的告訴媽媽這件事。想不到，媽媽和我一樣興奮。

「我們可以先來自己做一次。」媽媽的提議更是讓我瞪大眼睛。我實在太驚訝了，媽媽一直不肯做過程太複雜的蛋黃酥，現在她居然想要跟我一起做，我當然滿口答應。

我其實記不起來，為什麼媽媽當時想要一起做，只記得，那樣的心情非常開心。跟著媽媽在廚房裡繞轉，做著自己喜歡的東西，隨著每一個食材拿出來準備時，空氣也飄出一陣一陣不同的香味，麥香、豆香、蛋黃腥香，充滿小小的廚房，吸進肺裡，每個細胞都是幸福。兩個人的笑語也在空氣中流轉，雖然只留在當下，但是美好的情緒至今都還記得，現在想到都要掉眼淚。

為了讓我的書寫更貼近真實，我決定去訪問另一個當事人的心得，還原事發現場。

我打了電話給媽媽。媽媽聽到是我，先唉聲嘆氣，告訴我新裝的助聽器不是很好，要換另一個牌子。年紀漸大，當時為家庭忙碌，堅強的媽媽，現在也被這些討人厭的病痛而折磨，我人在遙遠的美國，回不去，心裡也跟著折磨。

在安慰媽媽一陣子之後，我告訴她我想寫飲食文學的文章。

「媽，你記不記得，我們曾經一起做過蛋黃酥？」我問。

「對啊，很有趣。」媽媽的語氣馬上變得開朗，一掃之前的陰霾，我可以想像到她那美好的笑容，「就你念北一女的時候。」

「我很好奇，那時候你為什麼想跟我一起做啊？」我問。

「就是聽你說學校會教蛋黃酥，想說不用錢，可以跟著一起學不錯啊！」媽媽回答。

「多說點，我想寫在書裡。」我說。

聽到要接受採訪，媽媽馬上滔滔不絕。

「我喜歡嘗試不同的東西，學新的烹飪很有趣啊！

「我覺得可以自己做東西吃省錢又衛生，知道自己放了什麼東西，不用擔心外面放一堆化學添加物。

「一起做很好玩，可以增進親子之間的感情。

「自己做可以放少點糖，比較健康。」

除了女兒在學校學東西，自己也可以跟著學不用花錢，這點小確幸的心情讓我偷偷笑出來外，其他的回答挺中規中矩的，我懷疑她有「偶包」。

當年在學校做蛋黃酥的經驗我已完全沒有印象，但是跟媽媽一起做蛋黃酥的回憶，三十多年後，讓我們母女兩人在電話的兩端說說笑笑。美食串起記憶，像叮叮咚咚的風鈴，滯留在空中，永遠不散。

那次之後，我跟媽媽都沒有再做過蛋黃酥。沒有什麼特別的原因，就像生命中其他很多發生過的事，說不出個所以然，就沒再發生了。

疫情居家隔離期間，我開始做一些以前沒做過的東西，做一些原本看食譜後覺得很難不想做的東西。一方面因為嘴饞，不能回臺灣吃，只好自己做；另一方面，喜歡挑戰自己，打破自己框架的個性，也讓我想在煮三餐之外，找到更多的可能性。

悄悄的，我腦海浮現蛋黃酥的身影，那個連結著與母親親密相處的記憶圖形。外層的皮酥脆香甜，一層又一層，看似要包覆隱藏裡面的美味，其實在引誘著你的味蕾，一層層的進入。

當年家政課用的蛋黃酥內餡是紅豆口味，然而在家裡自己做時，媽媽不肯買外面現成的，她自己熬紅豆，做成甜蜜黏稠的紅豆餡。紅豆餡是蛋黃酥最基本的口味，後來才在市面上看到有芋頭泥、芝麻泥、棗泥等等。

餡裡包裹的是這道美食的精華：蛋黃。鹹蛋黃可以平衡紅豆餡的甜膩，沙沙的口感在舌尖摩擦，蛋黃微腥的動物氣味在兩頰飄忽，讓你在咬下酥脆的外皮，滑膩的內餡後，味蕾再度受到撞擊。

既然最初的記憶被喚起，那怎能不再度嘗試呢？

Robert對紅豆餡沒興趣。西方食物中，豆類屬於鹹食和主食，把鹹食當成甜點，他還是會吃，但是不會是他對甜點的首選。說實話，我雖然喜歡紅豆，不過太過普遍了，我掐指一算，芋泥大概是所有甜餡料中最容易製作的。華人超市可以買到個頭很大的芋頭，有的差不多一個人的小腿粗，一隻手臂長，跟記憶中臺灣菜市場買到的一個手掌可以握著的大小差很多。

蛋黃要生鹹鴨蛋的蛋黃，不能直接用像是水煮蛋的熟鹹鴨蛋。我從華人超市買了一袋，五個鴨蛋放在網子中被拎回家。可是取出鹹蛋黃後，剩下的鹹蛋白讓人頭疼，我問了很多人怎麼處理，都說直接丟了。有朋友家裡開糕餅店，也是說每年中秋前都會丟掉好幾桶鹹蛋白。看來只好如此了，只是捨不得丟棄食物的我，對此一直掛心。

總算材料都齊了，開始動手。

在鹹蛋黃上噴米酒，烤箱烤到油香味出來，這是第一個出場的氣味。然後芋頭這時候也蒸熟了，來自土裡的甜香從大同電鍋傳出來，趁熱趕快搗爛，加入糖，中間當然得不斷試口味，怕加太多太甜。

再來就是繁瑣的油皮油酥的製作。油皮接近之前做麵包麵團的手感，柔軟，而且小小的，握在手裡很抒壓。油酥比較乾硬，材料混合均勻，像是一塊乾黏土。

包的過程不難，但是我烘烤的時間不夠長，麵皮沒有完全發起來，層次沒有那麼明顯。吃起來好吃，但是自己知道不完美。

烤好的蛋黃酥，我像是吳伯毅（Uber Eats）那樣，飛車專門送去給小孩吃。兩個美國女孩吃得一愣一愣的，不敢相信媽媽也可以做出像外面賣的蛋黃酥。我的媽媽給我蛋黃酥的記憶，我也希望可以給我的小孩一點蛋黃酥的記憶。

不過心裡還是介意那一點不完美，所以決定做第二次。這次，我

最愛的蛋黃酥

去買了沒有醃過的生鴨蛋。

我在網路上找到一個冷凍醃鹹蛋黃的作法，將整顆鴨蛋拿去冷凍三天，解凍後，把蛋黃蛋白分開，蛋白另外冷凍起來，沒有醃漬過，可以運用的範圍就多了，不會浪費。這時，蛋黃呈半凝固狀的立體球型，將它們一一擺在盤中，用鹽蓋過，大約幾個小時後就大功告成。

十二顆蛋黃立在白色的鹽盤中，一顆顆挺立，黃澄澄的蛋黃襯著窗外陽光，晶瑩閃亮，飽滿富足，不太像人間之物。儘管之後證明這方法不好，但是美麗的景象還是讓人印象深刻。

方法不好的原因是，做成蛋黃酥後，這種事先冷凍過的蛋黃質地變得Q彈結實，嘴巴當然也就吃不出沙沙出油的層次。幸好不難吃，不挑剔、不浪費的我們還是全數吃光。

大學讀化學的我，已經忘光書本上的知識，但是潛意識裡還是很難放棄做實驗、找解決方法的精神。既然醃漬鹹蛋黃的方式有待改進，就開始第三回合的製作。

我學到蛋黃不能先冷凍，要直接用鹽醃漬，但是沒有先冷凍過的蛋黃是軟的，禁不起地心引力的拉扯，所以直接放在鹽盤上沒辦法像球狀立起，會變得圓圓扁扁的，長得像印泥盒。如果不介意視覺的美感應該沒關係，不過既然都要做了，那還有沒有更好的方式呢？

不死心的我又找到一個方法，就是把敲開的蛋殼留下來，在裡面抹鹽，將蛋白和蛋黃分開後，把蛋黃小心的放進去，上面再撒上一層鹽，就這樣放進冰箱冰了三天。

三天後，我從冰箱拿出醃好的蛋黃，這蛋黃晶瑩剔透，有著半透明的質地，手指輕輕施壓，裡面有微微的力量跟皮膚相抵，Q彈卻不緊實，試吃一口，正好是我喜歡的鹹度。

這次我換個食譜，比例略有不同，作法倒是一樣，蛋黃烤熟，包上棗泥，油皮油酥擀過搓揉過，再細心的包上內餡。看著一球球的蛋黃酥在烤盤上站著，上面頂著兩層的蛋黃液，再撒上幾粒白芝麻，破除視覺上油頭滑面的膩相，讓蛋黃酥增添幾分細緻裝飾。

經過前兩次的經驗學習，第三次的蛋黃酥成品太美好了！外皮烤得夠久，入口即酥，但不是乾澀的酥，而是帶著脂肪、滑潤鬆動的那種酥。自製的棗泥雖不綿細，但是口感豐富，而且可能因為棗子沒有去皮的關係，我反而覺得比外面買的棗泥味道更濃更香，層次更多元。蛋黃醃三天的鹹度真是恰到好處，而且這次的蛋黃的作法不像冷凍那樣緊實得像橡皮，同時又省下沒有調味過的蛋白，讓我可以做義大利松子餅，太實用了！以自己做的標準來說，我覺得非常滿意，經過這次，我已經沒有去外面買蛋黃酥的欲望了。

蛋黃酥美好的口味能在我手中再現，這是一件讓人很有成就感的事。而蛋黃酥的回憶對我來說更是超越一個好吃的點心。或許等疫情過後，回到臺灣，能夠再一次跟媽媽在廚房說說笑笑，一起做蛋黃酥。

桂花糕裡的上海風情

一邊做一邊幻想文人筆下的上海風情，細緻、甜美，帶著桂花的香，還有入口綿細的米香。

對桂花鬆糕的記憶，不是來自舌尖，而是來自書上。書上寫到風華絕代的上海一定飄著桂花香。文人對桂花的痴迷，以在紙上文字浮現，我捧著書，彷彿都可以聞到隨著秋風涼送的甜香。

那我有沒有吃過桂花鬆糕呢？應該有，不然我怎麼會知道那種細綿白糯的口感？可是為什麼我腦中沒有吃桂花鬆糕的實際記憶？像是誰買給我吃的？或是哪個街角買的？一切只有琦君和張愛玲的文字繚繞，飄忽得一點都不真實，不可考。不過人的記憶本來就是最不可信賴的儲存方式，年紀加上主觀意識，記憶可能具有參考價值，也可能只是一種想像。

那天在網路上尋找食譜，無意中，桂花鬆糕的標題映入眼簾。這四個字彷彿具有魔力般，馬上喚醒從閱讀得來的上海經驗，喚醒在文字間飄蕩不散的香氣記憶。查看食材，居然剛好家裡什麼都有。身在美國加州，這個整年陽光燦爛，難得下雨的異國，我的櫃子裡有黏米粉（在來米粉）、糯米粉，桂花乾的、蜜的都有，原來那個文字記憶的上海，飄著水氣溼涼的上海，其實早已自帶香氣，進駐在我家廚房。

我把材料找出來，按著影片製作桂花鬆糕，一邊做一邊幻想文人筆下的上海風情，細緻、甜美，帶著桂花的香，還有入口綿細的米香。

材料跟製作過程不難，費工夫的是粉類過篩的步驟。要仔細輕巧，不是美式巧克力餅乾那種豪邁攪拌。看著白色如雪花般的粉一層層撒在模具裡，用極緩慢的速度堆成一個高度，我輕輕把雪白的細粉抹平整，動作輕柔，眼神專注，像是一種儀式。篩過一半的粉後，上面撒下乾桂花，然後再繼續過篩剩下那一半的粉，密密蓋住桂花，彷彿剛剛那一抹清香並沒有存在過，但是你我心裡都知道那是糕點的祕密。

放進蒸籠蒸二十分鐘，拿出來放涼。我等不及，用手觸壓表面，

帶著上海風情的桂花糕

手指的皮膚不再感覺到粉的乾澀，指尖傳來的溼潤彈力，終於安心了。

但在吃點心前要先吃正餐！那頓午餐吃得很不專心，寫下這篇文章的時候，對於那餐吃了什麼完全沒有記憶。記憶果然不可信啊！我只記得桂花的香味擾得我頭昏，一心快快解決眼前的食物。

終於，像個孩子般快速把午餐吃完，我把桂花鬆糕端上桌，淋上桂花蜜，斟上一杯自己熬的酸梅湯，剎那間有種自己是貴婦的錯覺。明明早上我還粗手粗腳的把粉篩到模具外面，為此感到懊惱。不過現在有桂花鬆糕，一切都可以抵過，我咬了一口，米香、蜜香、桂花香，層層撲鼻，滿嘴甜。

桂花鬆糕的記憶，從字紙間躍上舌尖，從上海飄到洛杉磯，中國南方小吃在美國沙漠中臺灣人的手上再現，味道不見得道地，也無從驗證，但是我吃的不是美食，不是鄉愁，而是一種閱讀記憶。

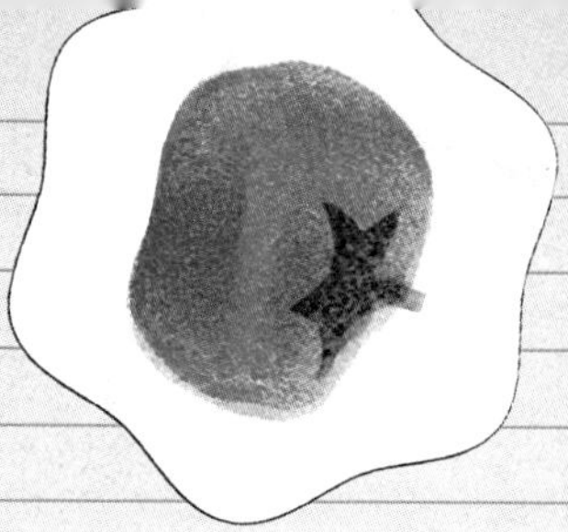

苦瓜與人生

接受苦瓜的過程，像是成長中不能輕易放棄和拒絕，一步一痛，還是得繼續，然後在這些洗禮中千錘百鍊，長大了。

小孩時期，對於大人的世界跟價值觀常常有許多不解，其中一個就是關於苦瓜。那種與口腹之欲完全相悖而馳的東西，為什麼大人們會花錢買回家，花時間切啊煮的，然後再強迫小孩吃下去？剛剛我把不喜歡的韭菜挑出來，大人說那個很補，逼我一定要吃下去；現在又說苦瓜性寒，可以清涼退火，也一定要吃下去，那為什麼不乾脆兩個都不吃，既不過熱，又不過寒，我也免去掙扎的痛苦。矛盾的大人們！

然後小孩長大了，歷練多了，味覺也變得更敏銳更發達，終於體會到，吃盡人生百味後，苦瓜不只有一種苦味而已。

那一口初咬下的果肉，質地清脆、堅韌，然後青苦的汁液迸發，讓你躲避不及，明明你期待的就是這個，豪邁的夾一塊放入口中，但是心裡深處其實帶著遲疑害怕。不喜歡苦味是味蕾的天性，每個咀嚼都在挑戰味蕾的忍受度，像是坐雲霄飛車，自由落體是恐懼也是刺激。苦瓜的苦也是，讓你既想抗拒又想繼續，然後，上癮。

吞下苦瓜後，嘴裡還有餘味，甘醇帶著醉意。不含酒精化學方程式，但可以讓人微醺。

接受苦瓜的過程，像是成長中不能輕易放棄和拒絕，一步一痛，還是得繼續，然後在這些洗禮中千錘百鍊，長大了。

原來，苦，不是難以下嚥的東西，不是悲慘的結局，是用來讓你淬鍊意志，沉澱生命雜質的過程。

長大的我，第一次自己買苦瓜是在美國。華人超市可以買到綠色的苦瓜，我跟Robert介紹，他居然吃過。

「你喜歡嗎？」我好奇的問。

「我第一口吃的時候想：這是什麼鬼啊，怎麼叫苦瓜真的這麼苦，哪個白痴想出來的主意！朋友告訴我，你不要放棄，這東西要吃五次以上，然後你就會愛上！果然我現在好喜歡苦瓜！」Robert說。

「真的？那我買回去煮，我煮鹹蛋苦瓜給你吃。」我說。鹹蛋也是他的最愛。

其實我沒自己煮過苦瓜，小時候的印象既然不好，苦瓜當然不在我想學的菜色中，我沒有假裝失憶就很了不起了。

上網看了一下步驟，都說苦瓜要先燙過，去掉苦澀味，沒想到Robert抗議了。「吃苦瓜就是要那個苦味，去掉就少了原味了。」

這下我遲疑了，到底要聽誰的？他真的可以吃苦？

第一次我還是汆燙，燙過的水怕浪費，我還加了蜂蜜冰鎮後當飲料喝，苦中帶甜香，也是挺討喜的。之後我懶得燙了，直接下去炒，Robert直說這樣沒經過加工的苦，才是真正好吃。他一向粗食粗活，不是王子型的男人。好吧，既然他可以接受，那我也省一道工夫。

鬆軟的鹹蛋包覆在瓜肉的外層，口感顯得更有層次，鹹蛋的腥香跟苦瓜的苦汁密切接觸，逼出更多的甘甜，讓味蕾在抗拒苦味的同時更加無法自拔，一盤苦瓜一下子就掃光。

「我們來種苦瓜好了！」我們兩個有默契的同時說，也同時大笑。

第一年我們買種子來種，Robert直接種在外面的土裡，結果全軍覆沒，一個都沒有長出來！我們其實還滿失望的，真的很期待啊！

第二年，我們直接買苗，終於成功了！吃到了五、六條果實。

今年春天，我們回同一家苗圃，卻買不到苦瓜苗，可能去得太早，還沒拿出來賣，只有賣種子。Robert考慮了一下，決定再度買種子來種。

「這次先種在盆子裡，或許成功率比較高。」

我們買了兩種不同的苦瓜，一種是淺綠色的，表面有皺紋，但是比較光滑；另一種是顏色深綠，表面凹凸明顯，幾乎像刺蝟。

皇天不負苦心人，種子長出了三棵苗。相對於我們家的櫛瓜長得茂盛，南瓜前院爬滿地，四季豆長得整牆茂密，苦瓜則是秀秀氣氣，慢慢的長出來，慢慢的攀爬，花兒小小，枝椏渺渺。別看它像個秀氣的小姑娘，渾身卻充滿濃厚的味道，我靠近瓜株尋找雌果時，都會聞到濃濃的苦瓜味，這味在舌尖上跟在鼻尖上還是有點微妙差別，一個嗆著味蕾，一個馨香入肺。如果我的手摸過了葉子，苦瓜味也會順勢爬上皮膚，它不會苦苦相逼，緊黏不放，但會沾著你一段時間，然後瀟灑四散，不留牽絆。

我們種植的過程中一時疏忽，不知道哪株苗是淺綠瓜，哪株苗是深綠瓜。

「怎麼辦？怎麼知道哪個是哪個？怎麼分辨呢？」我擔心的問。

上：不同品種的苦瓜，顏色各有深淺

下：在藤上成熟的苦瓜

「沒辦法分辨，只能到時候看果實才知道。」Robert說。

也是，現在知道會讓我對它們照顧的方式有所不同嗎？結果的時候就知道了，好像有些道理在裡面。

最後，淺綠色的苦瓜先長出來，在吃掉四條，還有五條在藤上待成熟的時候，深綠瓜才悄悄冒出來。原本我都放棄了，以為沒有種植成功呢！深綠瓜才長到不過一截小指頭那麼長，就可以看到幼瓜上，外皮有著一粒一粒粗粗的突起，造型真的很奇特呢！

之前沒種過深綠色的印度苦瓜，不知道最佳的收穫時機，我倆看著瓜變大、變粗，爭執不下。Robert認為果實最好要在欉紅時採收，市場上賣的蔬果為了運送保存方便，都會提早摘收，這樣顧客在購買時，才不會過熟甚至爛掉。自家種植不需要有這層考慮，所以越晚收成越好。我則相反。我怕果實在植物上太久，會錯過美味巔峰期，甚至爛掉，或被動物吃掉。有些果實摘下來後也可以催熟，不如趁動物們還沒展開攻擊時，先摘下來放進屋裡。

我們兩個人，每天巡著苦瓜，用討論人生哲理的態度，爭辯著是不是該把這條苦瓜摘下來。

終於，在我每天「這條苦瓜已經可以收成了」的轟炸下，有一天Robert勉強答應採收。勉強的意思就是說，如果是他，不會這麼早摘。

我們曾經吃過印度苦瓜，那味道真的是苦到極點，嗆到嘴巴幾乎有痛感。晚餐時，我用深綠苦瓜做最愛的鹹蛋苦瓜，我們用盡全力，繃緊全部的苦味神經，期待同樣的濃嗆苦味……

「好像不會很苦耶。」我說。

「對啊，怎麼感覺跟普通苦瓜差不多？」Robert也同意。

那一層淺淺的失望，在舌尖上留下一點苦味。

後來又多收成幾條，其中曾不小心讓果實在藤上過熟變紅，經過幾次不同熟度的實驗後，我們終於了解，苦瓜苦不苦，跟它的成熟度也有關係。原來我們一般採收的苦瓜，是它未成熟的樣貌。苦瓜真正「成熟」會轉成黃色或紅色，在那個時候，苦瓜不再用苦味防禦自己，防止蟲鳥的侵蝕。相反的，它裡面的種子已經成熟飽滿，所以散盡苦味，蓄滿甜美，用顏色和氣味吸引動物，替它傳送播種。

如果想吃清脆一點、苦一點的苦瓜，那就早一點收成，如果想吃軟爛一點、味淡一點的，那就晚一點收成。我們當初的拉鋸顯得好笑了，果然沒有絕對的對錯，一切的觀點都是人自己去定義的，紛爭也是自找的。

夏天來了又去，當初的苦瓜苗長大爬了藤，結了果，我們收成了約十條。收穫季節接近尾聲，南瓜藤和長豆藤都乾黃了，許多農友開始鏟去枯藤時，有其他農友好心提醒，苦瓜通常會有第二季喔。

這倒是第一次聽說。不過南加州天氣暖和，這似乎有可能，於是我們沒有剷去苦瓜藤，讓它自然生長。果然，幾個星期後，這兩株苦瓜彷彿又活過來一般，藤蔓長得更加茂盛，葉綠藤粗，小小的黃花一一盛開，瓜果的成熟速度趕過我們可以消耗的速度。消耗收穫的壓力又悄悄冒出來了。

我曾在華人超市看到有人在賣乾燥的苦瓜，用來泡茶，上網搜尋一下，發現作法非常簡單，只要切片晒乾，就能夠長時間保存，而且不用加任何添加物。

做成的苦瓜乾很有美感。明明第一次看到這樣的東西，但是莫名其妙覺得整罐的鄉愁在裡面。可能裝進罐子後，有種中藥店會擺放藥草的感覺。小時候，我很喜歡跟著爸媽去中藥店，一罐罐玻璃瓶，裡

苦瓜乾燥後用來泡茶，風味真好

面有樹有葉有花有根有果，有海馬有燕窩有牛角有蜥蜴有龜殼，小小的中藥店自成一個乾燥的生物世界。

苦瓜乾做成後，我們迫不及待的取了幾片，加入綠茶一起沖泡。隨著蒸氣上升的，是綠茶和苦瓜融合的香氣，清新乾爽，入口甘甜，居然沒有一絲苦味，還有一種舒適安撫的作用。我叫它苦盡甘來茶，願喝過苦瓜茶的人，或是看到這篇文章的讀者，都有苦盡甘來的美好安心。

少年天下系列 —— 073

陳郁如的食・味・情手札：

我的一簾柿餅

作　　者｜陳郁如
圖片、油畫提供｜陳郁如

責任編輯｜李幼婷
特約編輯｜施彥如
封面、內頁插畫｜Croter
美術設計｜吳佳璘
內頁排版｜極翔企業有限公司
行銷企劃｜葉怡伶

天下雜誌群創辦人｜殷允芃
董事長兼執行長｜何琦瑜
兒童產品事業群
副總經理｜林彥傑
總監｜林欣靜
版權專員｜何晨瑋、黃微真

出版者｜親子天下股份有限公司
地址｜台北市104建國北路一段96號4樓
電話｜（02）2509-2800　傳真｜（02）2509-2462
網址｜www.parenting.com.tw
讀者服務專線｜（02）2662-0332　傳真｜（02）2662-6048
客服信箱｜bill@cw.com.tw　週一～週五：09:00~17:30
法律顧問｜台英國際商務法律事務所・羅明通律師
製版印刷｜中原造像股份有限公司
總經銷｜大和圖書有限公司　電話：（02）8990-2588

出版日期｜2021年10月第一版第一次印行
　　　　　2021年11月第一版第二次印行
定　　價｜380元
書　　號｜BKKNF066P
I S B N｜978-626-305-093-8

訂購服務 ——
親子天下 Shopping｜shopping.parenting.com.tw
海外・大量訂購｜parenting@cw.com.tw
書香花園｜台北市建國北路二段6巷11號　電話（02）2506-1635
劃撥帳號｜50331356　親子天下股份有限公司

立即購買 >

有聲故事書

國家圖書館出版品預行編目資料

我的一簾柿餅：陳郁如的食.味.情手札.1/陳郁如文.-- 第一版.-- 臺北市：親子天下股份有限公司, 2021.10
224面；14.8x21公分.--（少年天下；73）
ISBN 978-626-305-093-8（平裝）

863.55　　110015401